AF175585

Last Day of Rock ,n' Roll

Rüdiger Schneider

Last Day of Rock ‚n‘ Roll

Erzählung

Bibliografische Information der Deutschen
Nationalbibliothek: Die Deutsche
Nationalbibliothek verzeichnet diese Publikation in
der Deutschen Nationalbibliografie; detaillierte
bibliografische Daten sind im Internet über
http://dnb.d-nb.de abrufbar.

© 2021 Rüdiger Schneider
Coverfoto: shutterstock 1344910637

ISBN: 9783754311097

Herstellung und Verlag: BoD – Books on Demand,
Norderstedt

1

Hallo! Mein Name ist Peter Biber. Biber nicht mit ‚ie', sondern genau so wie man das bekannte Nagetier schreibt. Als Erzähler dieser Geschichte will ich mich, wie die Höflichkeit es gebietet, kurz vorstellen. Zunächst nur kurz, denn ich bin nicht unbedingt die Hauptperson. Die ist vielleicht eher ein Mann, der im Februar 2021 in das Haus nebenan eingezogen ist.

Für meinen Nachnamen kann ich nichts. Er stammt von meinen Vorfahren, Urvorfahren, die, wie ich in Erfahrung gebracht habe, wie der tierische Biber als Holzfäller gearbeitet haben. Ich bin 68 Jahre, Pensionär, habe also viel Zeit, mich auf meinem Balkon aufzuhalten. Der Balkon befindet sich in Bad Breisig, einem Städtchen am Rhein zwischen Bonn und Koblenz. Bad Breisig gliedert sich in Ober- und Niederbreisig. Ich wohne in der Parkstraße auf mittlerer Höhe, so etwa hundert Meter über dem Meeresspiegel. Die Gegend, auf die ich von meinem Balkon aus blicke, ist weder schön noch hässlich, angenehm ruhig, vielleicht auch zu ruhig. Früher war sie etwas schöner, aber dann wurden mehr und mehr Bäume gefällt, um Baugelände zu schaffen. Jetzt schießen die Häuser wie Pilze aus dem Boden und der Baulärm nimmt zu. Wenn ich von einer angenehmen Ruhe gesprochen habe, ist das also eher die Vergangenheit.

Mit meiner Frau, die zwei Jahre jünger ist als ich und seit einem Jahr ebenfalls pensioniert, lebe ich in einer geräumigen Fünfzimmerwohnung, die wir uns als Eigentum geleistet haben. Über die Ehe kann ich nicht viel sagen. Wir leben in einer milden Angepasstheit (ich mehr als sie), in der altersgemäß nicht viel passiert. Man hat sich halt kennengelernt. Das Abenteuer der ersten Jahre ist vorbei. Ich will damit sagen: Wir hoppeln nicht mehr wie die Kaninchen herum. Wir hoppeln überhaupt nicht mehr. Wozu auch!? Was das Trinken betrifft, bin ich sehr mäßig, halte Maß, halte den Verstand beisammen. Die Gefahr über das niedrige Balkongeländer zu kippen besteht bei mir nicht. Ein Glas Wein am Abend oder ein Döschen Bier, das war's. Allerdings rauche ich, was mir auch im Winter den Aufenthalt auf dem Balkon beschert. Gerda, meine Frau, mag keinen Qualm in der Wohnung. Im Gegensatz zu mir ist sie

Vegetarierin. Sie trinkt auch keinen Alkohol. Ihr Lieblingsgetränk ist grüner Tee aus China. So weit zu meiner bescheidenen Vorstellung als Erzähler.

Jetzt aber rückt zunächst der Balkon in den Mittelpunkt und damit mein Nachbar. Er wohnt, wie gesagt, im Haus nebenan, hat auf gleicher Höhe auch einen Balkon. Die Distanz zwischen den Balkonen beträgt etwa zwanzig Meter. Es ist für mich leicht mitzubekommen, was sich dort abspielt. Ich sehe alles. Zunächst spielte sich dort nichts ab. Es war ja auch ein scheußliches Wetter. Kälteeinbruch im Februar, Regen und ein bisschen Sonne im März, viel Regen im April, viel Regen auch im Mai, aber da war es gegen Ende des Monats immerhin etwas wärmer geworden. Im Februar hatte ich nur beobachtet, wie nebenan ein weißer Transporter hielt. Umzugkartons wurden ins Haus getragen, ein paar in Plastikfolie eingeschlagene hochwüchsige Pflanzen. Den neuen Nachbar bekam ich da erstmals zu Gesicht, einen Mann von etwa 1.90 Größe, schlank, mit dichtem schwarzen Haarwuchs, einem ebenso dichten Bart. Das Alter war schwer zu schätzen. Aber es mochte ungefähr meinem entsprechen.

Der Mann trug einen blauen Overall, an den Füßen steckten knallrote Schuhe. Er war nicht alleine, war in Begleitung einer recht hübschen, südländisch aussehenden Frau, die ihm größenmäßig bis an die Schulter reichte. Ich tippte auf eine Spanierin. In den folgenden Wochen sah ich beide manchmal auf dem Balkon. Aber immer nur kurz. Denn das Wetter war scheußlich. Nicht nur das Wetter war mies, sondern die ganzen Lebensumstände. Es war Corona-Zeit mit Lockdown, Kontaktbeschränkungen, Maskenpflicht, Testorgien, Impfzwang durch die Hintertür und jeder Menge Ängstlichkeit. Das ganze Land war neurotisch geworden. Ich will hier aber nicht weiter über Corona reden. Das Thema hängt mir, salopp gesagt, zum Hals heraus.

Was, den Nachbarbalkon betreffend, zuerst meine Neugierde weckte, war eine Reihe von Pflanzen, die Mitte Mai auf den Balkon gestellt wurden und mit ihrem hohen Wuchs mehr als einen Meter über das Geländer ragten. Ich erkannte die fünffingrigen Blätter, nahm für die Diagnose ein Opernglas zu Hilfe. Es gab keinen Zweifel. Der neue Nachbar baute Cannabis an. Ich schüttelte den Kopf.

Denn unsere Balkone liegen straßenwärts. Jeder, der unten vorbeikommt, kann mit einem Blick nach oben sehen, dass auf diesem Balkon keine Geranien wachsen. Was für ein leichtfertiger Kerl, dachte ich. Täglich fuhr das Ordnungsamt mit einem blauweißen Smart die Parkstraße entlang. Manchmal patrouillierte auch ein Polizeiwagen, um zu prüfen, ob unerlaubte Partys stattfanden.

Ich überlegte, ob ich Gerda davon berichten sollte. Aber da war sie schon selbst auf den Balkon gekommen. „Peter, es ist Zeit, dass du in die Küche gehst. Du wolltest doch Mittagessen machen. Drück die verdammte Zigarette aus!"

Sie warf einen Blick auf den Balkon des Nachbarn. „Oh, da zeigen sich ja die ersten Pflanzen. Und ein Tisch und zwei Stühle stehen auch da. Weißt du, was das für Pflanzen sind? Du kennst dich doch damit aus."

Es lag mir auf der Zunge zu antworten: „Grüner Tee aus China." Aber ich zuckte nur mit der Schulter, entgegnete: „Keine Ahnung. Vielleicht irgendein exotischer Farn."

Später wurde mir bewusst, warum ich Gerda nicht aufgeklärt habe. Sie liebt homöopathische Mittel. Arnika, Meteoreisen, Cardiodoron Aurum, also eine extrem verdünnte Goldlösung, und erst neulich hat sie sich aus der Apotheke Cannabis-Öl besorgt. Cannabis ganz ohne Rausch. Das Öl war aus Cannabissamen hergestellt, sollte viel Vitamin E enthalten und das Immunsystem stärken, was ihr in der Corona-Zeit besonders wichtig war. Ich wollte einfach nicht, dass sie sich für den neuen Nachbar interessierte, wollte meine Entdeckung für mich behalten.

Am darauf folgenden Tag, einem frühen Morgen, an dem ausnahmsweise die Sonne schien, geschah noch etwas. Der Typ von nebenan saß auf dem Balkon, rauchte und trank Dosenbier. Auf dem Tisch stand auch eine Flasche mit etwas Klarem. Ich tippte auf Wodka. Ich tat so, als interessiere mich das nicht, sah stoisch nach unten auf die Straße, warf nur ab und zu einen heimlichen Blick nach nebenan, ging wieder in die Wohnung, kam nach einer Stunde zurück auf den Balkon. Der neue Nachbar saß immer noch da. Jetzt standen auf dem Tisch fünf gewiss leere Dosen, die er zu einer kleinen Pyramide aufgebaut hatte. Die sechste Dose hielt er in der Hand. Ob die Flasche mit der klaren

Flüssigkeit inzwischen auch geleert war, konnte ich nicht erkennen.

„Herrje, da ist ein Säufer eingezogen", dachte ich. „Ein zügelloser Mensch, der kein Maß halten kann. Vielleicht hat er auch irgendeinen Kummer. Eine Ursache für so viel Trinken muss es ja geben."

Kummervoll wirkte er jedoch nicht. Er saß eher lächelnd am Tisch, rauchte, trank, sah sich die Umgebung an, schien seine private Orgie zu genießen. Einmal, als er mich erblickte, winkte er mir zu. Ich nickte, hob die Hand zum Gruß, drückte die Zigarette im Aschenbecher aus und verschwand wieder in der Wohnung.

Zwei Tage später, es war an einem Abend und es war schon dunkel, geschah etwas Absurdes, das ich als Beobachter nur verschämt berichten kann. Für dieses Ereignis nehme ich ein neues Kapitel.

2

Bevor ich jenes sonderbare Ereignis erzähle, muss ich beschreiben, wie unsere Vorgärten aussehen. Bei beiden Häusern sind sie ziemlich gleich. Vom Gehstreifen an wuchert ein sogenannter Bodendecker bis unter die Balkone. Es ist ein dicht gewebter Teppich von Ysop, volksläufig auch Dickmännchen genannt. In den vielen Jahren, wo das Dickmännchen wachsen durfte, hat es eine Höhe von fast einem Meter erreicht. Eine bunte, blühende Sensation ist es nicht. Es erfüllt nur seinen Zweck als Laubschlucker und Verhinderer von Unkraut. Nur einige wenige Efeuranken haben sich dazwischen vorwitzig hochgewagt.

Es war an jenem Abend gegen 22 Uhr, als ich auf den Balkon ging, um vor dem Gang ins Schlafzimmer eine letzte Zigarette zu rauchen. Der Himmel war leicht bewölkt. Zwischen den Wolkenfetzen warf ein voller Mond ein mildes Licht. Eine Straßenlaterne sorgte für weitere dezente Beleuchtung. Ich sah zu dem Nachbarbalkon hinüber und blickte auf einen nackten Hintern. Die Hose hing auf den Knien. Auf dem Tisch hatte sich eine Frau ausgestreckt. Vor ihr mein neuer Nachbar. Er vögelte im Stehen, wobei er nahe am hüfthohen Geländer stand. Die Umgebung und dass man Einsicht in das Geschehen hatte, war ihm völlig egal. Oder aber er glaubte sich durch eine allerdings unvollkommene Dunkelheit geschützt. Anscheinend hatte er auch wieder getrunken, denn er wankte bedenklich hin und her. Und dann war es plötzlich passiert. Er hatte sich zu eng gegen das Geländer gedrückt, verlor das Gleichgewicht und purzelte mit einem Schrei fünf Meter nach unten. Mein erster Impuls war in die Wohnung zu laufen, das Handy zu holen und den Notarzt zu rufen. Fünf Meter, wenn man aus dieser Höhe fällt, können tödlich sein. Aber da sah ich, wie er sich aufrappelte, die Hose hochzog und sich durch das Dickmännchen zur Haustür kämpfte.

„Alles gut?" rief ich ihm zu. „Soll ich den Notdienst rufen?"

Er blickte überrascht zu mir hoch, schüttelte den Kopf.

„Nicht nötig. Hab' Glück gehabt."

Kaum hatte er das gerufen, da ging unten auch schon die Haustür auf. Die Frau erschien, schlug die Hände über dem Kopf zusammen und sagte: „Paulo, was machst du nur für Sachen! Hast du dich verletzt?"

„Glaub' nicht", antwortete er. „Aber ich hätte mir ein besseres Ende gewünscht."

Beide verschwanden nun im Haus. Ich blieb noch eine Weile auf dem Balkon, überlegte, ob ich entrüstet sein sollte. Dann aber entschied ich mich für die Dankbarkeit. Endlich war mal was los in dieser toten Gegend.

3

Als ich am nächsten Morgen auf den Balkon ging, sah ich ihn an dem Tisch sitzen. Er hatte eine Dose Bier in der Hand, hob sie mir winkend entgegen und rief:

„Kommen Sie rüber! Wir sind doch Nachbarn."

Ich zögerte einen Moment, antwortete dann: „Ja, warum nicht!? Aber ich muss erst meiner Frau Bescheid sagen."

„Okay", meinte er. „Klingeln Sie bei Souza."

Zu Gerda sagte ich: „Unser neuer Nachbar hat mich zu einem Kaffee eingeladen. Wir sehen uns ja dauernd, wenn wir auf dem Balkon sind."

„Kaffee? Meinst du mir ist entgangen, was der da immer trinkt?"

„Nein, nein, doch nicht am Vormittag! Ich trinke wirklich nur Kaffee. Mach dir keine Sorgen. Ich bleibe nicht lange. Ist ein erstes Kennenlernen."

„Zieh die Maske auf! Man weiß ja nicht, wo der herkommt und wo sich der rumtreibt. Und nachher erzählst du mir, was da drüben los ist. Gestern Abend habe ich einen Schrei gehört."

Ich setzte eine erstaunte Miene auf. „Einen Schrei? Habe ich nicht mitbekommen."

„Du bist ja auch schon halbtaub. Aber geh in Gottes Namen."

Ich setzte die Maske auf, verließ das Haus, Gerda stand oben auf dem Balkon. Ich ging die paar Meter nach nebenan, studierte die Klingelschilder, fand ‚Souza', drückte den Knopf. Der Summer ertönte. Ich stieß die Tür auf, nahm die Maske ab, steckte sie in die Hosentasche, ging durch den Hausflur, dann die Treppe hoch. Paulo Souza stand oben im ersten Stock, erwartete mich. Die Bierdose hielt er in der linken Hand.

„Willkommen!" grüßte er. „Treten Sie ein!"

Er nahm meine Hand, schüttelte sie.

„Peter, Peter Biber", sagte ich.

„Paulo", stellte er sich vor. „Als Nachbarn könnten wir uns doch duzen. Oder?"

„Aber ja!" antwortete ich. „Gerne."

Durch den Flur führte er mich ins Wohnzimmer, das zu meiner Überraschung komplett eingerichtet war. Mit einer bequemen Couchecke, einem runden Tisch davor, mit einem Bücherschrank und Buchregalen, die die Wand entlangliefen, einer Getränkebar, einem antiken Schreibtisch, auf dem ein Computer mit Monitor stand. Im straßenwärtigen Zimmerwinkel stand ein bordeauxroter Kaminofen, der mit Pellets befeuert wurde. Über der Couch hing ein großformatiges Foto, das ich vielleicht später genauer betrachten würde. Überrascht war ich, weil ich bei dem Einzug im Februar kein einziges Möbelstück gesehen hatte, das aus dem Transporter getragen wurde. Ein Möbelwagen hatte vor dem Haus nie gehalten. Das hätte ich von meinem Balkon aus mitbekommen.

„Sehr schön eingerichtet", sagte ich. „Gemütlich."

„Ja, danke. Aber ist nur möbliert gemietet."

Paulo Souza bat mich, auf dem Sofa Platz zu nehmen. Er selbst blieb stehen.

Da ich meine Neugierde nicht zügeln konnte, fragte ich: „Du bist Spanier?"

„Nein. Deutscher und Brasilianer. Ich habe zwei Staatsangehörigkeiten. Ich will es kurz erklären. Mein Vater ist Deutscher, die Mutter Brasilianerin. Der Vater hat im deutschen Konsulat in Rio gearbeitet. Dort hat er meine Mutter kennengelernt. In Rio bin ich geboren und hatte da zunächst einen sehr langen Nachnamen. Das ist in Brasilien so. Man führt an erster Stelle den Familiennamen der Mutter, dann den des Vaters. Mein Vater hatte aber schon einen Doppelnamen, nämlich Meier-Solingen. Ich hieß also zuerst Souza-Meier-Solingen. Das ist viel zu lang und verwirrend. Ich habe es umändern lassen, Meier-Solingen gestrichen."

„Meier-Solingen?" fragte ich erstaunt. „Das ist ungewöhnlich."

„Aber leicht erklärbar. Der Großvater, also der Vater meines Vaters, war Künstler, Maler. Er hatte in Solingen sein Atelier. Ursprünglich hieß er nur Meier, aber dann hat er einen Künstlernamen beantragt und auch bekommen. Ein ganz normaler Vorgang. Kennst du vielleicht von dem deutschen Hosenkönig Müller. Der Name Müller war diesem Schneidermeister zu banal, zu gewöhnlich. Da er sein Unternehmen in Wipperfürth hatte, ließ er den Nachnamen in Müller-Wipperfürth ändern. Ein vom Gewöhnlichen herausgehobener Müller also. So wie mein Großvater ein herausgehobener Meier war. Ist doch klar, dass ich keinen dreiteiligen Familiennamen haben will. Souza-Meier-Solingen! Wie klingt das denn!? Scheußlich! Souza ist schön, kurz und bündig. Nun ja, soviel zu dem Namen."

„Kenn' ich. Meine Frau wollte einen Doppelnamen. Helmer-Biber. Ich wollte meinen einfachen Namen behalten. Biber. Schließlich waren meine Vorfahren ehrbare Holzfäller."

Paulo Souza sah mich prüfend an, fragte: „Du hast mitbekommen, was gestern Abend auf dem Balkon passiert ist? Du hast den Sturz gesehen?"

„Nein", antwortete ich. „Ich habe einen Schrei gehört und bin dann erst auf den Balkon gegangen."

4

„Hast du dich verletzt?" fragte ich, um weiteren Fragen zur Genauigkeit meiner Beobachtung zu entgehen.

„Nein, hatte ein riesiges Glück. Bin auf dem Hintern gelandet. Ein akrobatisches Wunder. Gott sei Dank war da unten dieser Pflanzenteppich. Der hat mir die Hose weggerissen. Dann bin ich aber doch noch durch die Pflanzen auf den harten Boden geknallt. Dadurch hat sich ein riesiges Hämatom gebildet. Das ist schon bis in den Oberschenkel gewandert. Giovanna reibt mich alle zwei Stunden mit Arnika, einem Kühl- und Schmerzgel ein."

„Giovanna?"

„Meine Frau. Brasilianerin. Sie ist gerade einkaufen gefahren. Ich kann nicht sitzen, nur stehen oder liegen. So kann man nicht fahren."

Ich zeigte auf die Bierdose. „Damit auch nicht."

„Ach was!" meinte er. „Je mehr ich trinke, desto entspannter fahre ich."

„Noch nie in eine Kontrolle gekommen?"

„Doch. Aber da gibt es die sogenannte Hechelmethode. Man könnte es auch als Hyperventilation bezeichnen. Du siehst ja die Kelle, mit der sie einen heranwinken. Also rasch Fenster auf, hecheln wie nach einem Marathonlauf. Befreit die Atemluft und senkt den Pegel beträchtlich."

„Ist dir schon mal passiert?"

„Ja, vor zehn Jahren. Aber die Polizei kontrolliert kaum noch. Die haben andere Aufgaben und Sorgen. Ausgangssperre überwachen, Demos sprengen, Maskenpflicht überprüfen. In der Coronazeit kannst du bequem mit einem Promille oder auch etwas mehr durch die Gegend schaukeln. Da behelligt dich kein Polizist."

Paulo Souza betrachtete wie in Erinnerungen versunken die Bierdose, blickte dann auf und sagte:

„Entschuldigung, ich stehe hier mit der Dose rum und habe dich noch gar nicht gefragt, was du trinken möchtest. Auch ein Bier oder zur Begrüßung einen Wodka?"

Ich schüttelte den Kopf. „Am Vormittag lieber nicht. Wenn du einen Kaffee hättest."

„Na klar! Aber zur Begrüßung doch einen Wodka dazu."

„Meine Frau riecht das. Das gibt Ärger."

„Ach was! Das ist ein lupenreiner Wodka, mehrfach destilliert. Den riecht man nicht."

„Hmm." Ich zögerte, lenkte dann ein, wollte mich nicht als biederer Bürger einführen. „Na gut. Einmal im Leben kann man auch vormittags etwas trinken."

Paulo Souza stellte die Bierdose ab, ging zu der Getränkebar, einer Vitrine, in der mehrere Flaschen und Gläser standen, kam mit zwei Gläsern und einer halbvollen Wodkaflasche an den Couchtisch zurück.

„Diesen Rest können wir uns teilen", meinte er. „Ist ja nicht viel. Was wäre das Leben ohne einen kleinen Rausch."

Er schenkte den Wodka ein, lächelte, sah mich noch einmal prüfend an, hob das Glas.

„Felicidades! Prost! Du hast von deinem Balkon aus mitbekommen, was wir für Pflänzchen draußen haben?"

Ich legte die Stirn in Falten, überlegte kurz. Sollte ich wieder den Unwissenden spielen, den braven Bürger, der von nichts eine Ahnung hat? Warum sollte ich nicht eingestehen, was ich erkannt hatte?

„Ich weiß", antwortete ich. „Hanf, Cannabis. Aber ist das nicht gefährlich, das so offen auf dem Balkon zu präsentieren?"

„Nein. Erstens bin ich kein Dealer. Es reicht nur zu einem bescheidenen Eigenbedarf. Zweitens: Kontrolliert die Polizei jetzt oder wer auch immer, haben wir unsere Ausreden. Es gibt nämlich einen indischen Hibiskus, der genauso aussieht, mit den gleichen fünffingrigen Blättern. Kenaf heißt der, Hibiskus cannabinus. Völlig harmlos. Den kann man von Cannabis nur unterscheiden, wenn er mit seinen großen Blüten kommt. Vorher nicht. Ein Foto der indischen Pflanze mit einer dazu gehörenden Beschreibung habe ich ausgedruckt und würde das in so einem Fall zeigen. Aber brauche ich eigentlich gar nicht. Ich könnte auch behaupten, dass es sich um Cannabis Sativa handelt, eine Nutzpflanze ohne das berauschende THC. Diese Variante sieht ebenfalls so aus und ist völlig legal. Die Blätter nimmt man für einen gesunden Tee. Auf dem Balkon stehen drei Töpfe. Links und rechts Cannabis Sativa, in der Mitte unser Schätzchen mit THC, Tetrahydrocannabinol. Kein Polizist wird das unterscheiden können. Hast du schon einmal Cannabis geraucht?"

Ich schüttelte den Kopf. „Nein, noch nie."

„Solltest du aber mal ausprobieren. Die Welt schichtet sich um. War sie vorher ernst, wird sie auf einmal leicht und lustig."

Eine ganze Stunde saß ich bei Paulo Souza. Er erzählte, dass er als Fotograf gearbeitet hatte, viel in der Welt herumgekommen war. Er erzählte auch von Giovanna, die sich als Schriftstellerin in Brasilien einen Namen gemacht hatte. Besonders mit ihrem letzten Buch ,A Beleza da Vida' – ,Die Schönheit des Lebens'.

Ich dagegen hatte nicht viel zu erzählen. Bis zu meinem 65. Jahr hatte ich das Leben in ein und derselben Schule verbracht, mit den Fächern Biologie und Mathematik. Die letzten drei Jahre, also in meinem Ruhestand, war nichts passiert. Da gab es nichts zu berichten. Die Zeit war einfach eintönig verstrichen. Die Kreuzfahrt mit Gerda und ein Pauschalurlaub auf Kreta schienen mir nicht erwähnenswert. Auch nicht, dass wir uns vor zwei Monaten ein neues Schlafzimmer gekauft hatten.

Als ich mich von Paulo Souza verabschiedete, war die Wodkaflasche leer und wir hatten auch eine neue angebrochen. Auf den Kaffee hatte ich verzichtet.

5

A Beleza da Vida – Die Schönheit des Lebens. Ich war neugierig, Giovanna kennenzulernen. Mit dem Einkaufen hatte sie sich Zeit gelassen, war auch nach einer Stunde noch nicht erschienen. Ich hatte Paulo gefragt: „Kann man das Buch auch auf Deutsch lesen? Von Portugiesisch habe ich keine Ahnung."

„Noch nicht", hatte er geantwortet. „Ich habe es zwar ins Deutsche übersetzt, aber es liegt hier noch als Manuskript rum. Giovanna zögert, bei deutschen Verlagen hausieren zu gehen."

Ich hatte die Brasilianerin selten gesehen. Damals im Februar, als der Transporter vorfuhr. Ein paar Mal für eine halbe Minute nur, wenn sie auf die Straße kam, um in ein rotes Fiat-Cabrio zu steigen, das vor dem Haus parkte. Und einmal etwas länger, als sie an einem Tag, an dem ausnahmsweise die Sonne schien, mit Paulo auf dem Balkon zu lauter Musik Samba tanzte. Ein zierlicher, verdammt hübscher Wirbelwind mit schulterlangen, schwarzen Haaren, auf den fernen Blick jünger als Paulo. Aufgefallen war mir auch, was sie trug. Meistens lange Kleider in schwarz, blau oder rot mit bunten floralen Motiven. Sehr feminin, dachte ich. So etwas sah ich vom Balkon aus unten auf der Straße sonst nie.

‚A Beleza da Vida' – Die Schönheit des Lebens. Irgendwie kam mir der Titel bekannt vor. Ich versuchte mich zu erinnern und dann fiel es mir plötzlich ein. ‚Elenas himmelblaue Kleider – Eine Geschichte über die Schönheit des Lebens'. Ich hatte das Taschenbuch auf Gerdas Nachttisch gesehen. Sie las es im Bett vor dem Einschlafen. Im Gegensatz zu mir war sie eine Leseratte. Ich hockte meistens vor dem Fernseher, sah mir Reportagen, Dokumentationen oder Talkshows an. Was Bücher betrifft, blätterte ich höchstens mal im ‚Kosmos Naturführer'. Und bei den Fernsehzeitschriften machte ich mich über die Sudoku-Rätsel her. Zu meinen Beschäftigungen gehörte auch die Auseinandersetzung mit dem Schach-computer ‚Mephisto', gegen den ich aber regelmäßig verlor. Zu meiner Ent-schuldigung muss ich sagen, dass ich ihn auf die höchste Schwierigkeitsstufe eingestellt hatte. Mein eigenes Level lag bei einem mittleren Wiener Kaffeehaus-Niveau. Was ich beim Schach liebte: Es war logisch und planbar. Da konnte man die Dame steuern wie man wollte. Im Leben war mir das nie gelungen. Zu Hause hatte Gerda redensartlich und auch wörtlich die Hosen an. Da ich ein harmoniebedürftiger Mensch bin und meine Ruhe haben will, war ich ohne Widerstand darauf eingegangen.

Auf dem kurzen Weg zurück zu ihr überlegte ich, ob sie den Wodka riechen würde. Paulo hatte mir zwar versichert, bei diesem lupenreinen Getränk könne man nichts merken. Aber sicher war ich mir nicht. Insgesamt hatten wir mehr als eine ganze Flasche geleert. Zuerst die halbe, die er noch hatte. Dann eine neue bis auf einen kleinen Rest.

Auf dem kurzen Weg zum Haus probierte ich die Hechelmethode, die er mir empfohlen hatte. Aber es half nicht. Gerda kam mir im Wohnungsflur entgegen, blieb einen Meter vor mir stehen und sagte: „Du hast eine Fahne wie zwanzig Russen!"

„Na und!" entgegnete ich. „Einmal im Leben werde ich mich ja wohl besaufen dürfen!"

„Einmal, einmal!" schimpfte Gerda. „Du weißt doch, wie leicht man so etwas wiederholt. Gerade beim Alkohol. Dann machst du das wie der da drüben."

„Der da drüben heißt Paulo und ist ein ganz sympathischer Mensch."

„Na eben! Dann wird er bald zum Vorbild."

„Wäre in mancher Hinsicht nicht schlecht."

Sie sah mich mit großen Augen an. Widerworte war sie nicht gewohnt.

Mir hatte offensichtlich der Wodka Mut gemacht. Zugleich war mir auch etwas schwindlig im Kopf. Da drehte sich ein kleines Karussell.

Ich sah, wie Gerdas Augen feucht wurden. Ich kannte das. Sie hatte nahe am Wasser gebaut und konnte wahrscheinlich auf Kommando heulen. Manchmal, wenn wir eine Auseinandersetzung hatten, was allerdings wegen meines Harmoniebedürfnisses sehr selten vorkam, sank sie zu Boden zu einer kurzen Ohnmacht. Ich hatte einmal meinem Hausarzt davon berichtet.

„Nicht schlimm", meinte er. „Das sieht nach einer Neigung zur Hysterie aus. Hat aber auch Vorteile, denn solche Frauen sind großer Gefühle fähig."

Unsere Ehe war kinderlos geblieben. Vielleicht hing das irgendwie mit dieser Neigung zusammen. Schon die alten Griechen hielten die Gebärmutter dafür verantwortlich. Ich machte mir aber weiter keine Gedanken darüber. Ich bin kein Psychologe. Es war eben so.

„Ich leg mich jetzt hin", murmelte ich. „Muss den Rausch ausschlafen. Danach bin ich wieder normal."

„Danach? Danach ist zu spät. Du solltest zu Edeka."

„Dann fährst du eben. Paulos Frau fährt auch alleine."

„Kein Wunder bei dem Saufkopf. Hast du wenigstens die Maske getragen?"

„Wie denn!? Soll ich mir den Wodka in die Ohren schütten?"

„Was ist bloß mit dir los, Peter!? Eigentlich sollte ich dich in Quarantäne stecken."

Es lag mir auf der Zunge zu antworten: „Da bin ich schon." Aber mit dem letzten Rest von Vernunft und Harmonieverlangen unterdrückte ich diese Antwort.

Erst am Abend wurde ich wach, spürte den Preis, den man für einen Rausch bezahlen musste. Der Schädel brummte, die Stimmung war irgendwie mies, nicht so balanciert ausgeglichen wie sonst. Hinzu kam eine seltsame Unruhe, eine Nervosität, als stünde ein mir noch unbekannter Konflikt bevor. Eine Weile blieb ich im Bett liegen, starrte an die Decke, nahm die beginnende Dämmerung wahr, hörte Gerda in der Küche hantieren. Schließlich stand ich auf, ging ins Wohnzimmer, wo sie vor dem Fernseher auf dem Sofa saß. Mit gespielter Fröhlichkeit sagte ich: „Hier bin ich wieder. Was guckst du?"

„Sieh doch selber nach", antwortete sie und schob mir das TV-Magazin zu.

„Welcher Sender?"

„ZDF."

Ich blätterte in der Zeitschrift, hatte endlich den Tag gefunden.

„Aha", meinte ich. „Lilly Schönauer, ‚Verliebt in eine Unbekannte'. Lohnt sich?"

Sie hob nur kurz die Schulter, blickte an mir vorbei auf den Fernseher, strafte mich mit Schweigen.

Ich ging in die Küche, setzte eine Kanne Kaffee auf, zog mir eine Strickjacke über, setzte mich mit dem Kaffee auf den Balkon, sah nach Westen Richtung Balkon Paulo Souza. Am Horizont hinter dem Rhein und dem Siebengebirge zeigte sich bei einem sonst bewölkten Himmel ein letzter Streif Tageslicht. Auf dem Nachbarbalkon tat sich nichts. Nur der Hanf bewegte sich im Wind.

Ich goss Kaffee in die Tasse, zündete mir eine Zigarette an. Paulo rauchte auch, aber er musste nicht auf den Balkon gehen. Nach dem ersten Glas Wodka war ich aufgestanden, hatte das Etui mit den selbst gestopften Zigaretten aus der Hosentasche gezogen, gesagt: „Entschuldige bitte. Ich geh mal eben auf den Balkon."

Er hatte gelacht. „Ach was! Bleib sitzen! Hier können wir in der Wohnung rauchen. Diese verdammte Gesundheits- und Gesinnungsdiktatur! Die tun alle so, als könnte man ewig leben."

Irgendwann blickte ich in die Dunkelheit, sah in den Häusern auf der anderen Seite des Hangs hier und da Licht im Fenster. Die stille Straße unter mir wurde von einer Laterne beleuchtet. Aus dem südlichen Waldstück, das sie noch nicht abgeholzt hatten, drang ab und zu der Ruf eines Kauzes zu mir herüber.

Der Fernseher im Wohnzimmer war ausgeschaltet. Eine Stehlampe in der Ecke sorgte für eine schwache Beleuchtung. Gerda war schlafen gegangen, ohne mir Gute Nacht zu sagen. Am Morgen, so dachte ich, wird sie sich wieder gefangen haben.

Was überhaupt war los? Warum? Sah sie Souza als eine drohende Gefahr, wollte mich von ihm zurückhalten? Warum muss eine Ehe nach einem romantischen Beginn nach vierzig Jahren so in Langeweile enden? War ich schuld oder Gerda oder beide? Ich hatte nie darüber nachgedacht. Es schien mir normal zu sein. Es war einfach so. Man hatte sich in der ersten Zeit alles erzählt, die Neugierde war verflogen. Saß man sich im Restaurant gegenüber, fragte man nur: „Schmeckt es?" Dann wurde still getafelt, man schob sich die Bissen in den Mund und war froh, dass das Schweigen damit ausgefüllt wurde. War das richtig so? Ging es vielleicht auch anders? Ich war unruhig, denn seit ich die Brasilianerin gesehen hatte, war ein Teufelchen in mir. Das Auge bleibt jung.

8

Ich dachte darüber nach, was zu meinem angestrengten Harmoniebedürfnis geführt hatte. Gerda und ich, wir hatten uns während der Referendarzeit kennengelernt, nach dem Examen geheiratet und waren, was bequem, aber ein Fehler war, an dieselbe Schule gegangen. Gerda kletterte rasch die Karriereleiter hoch, während ich auf der Stufe Studienrat hängenblieb. Nach nur zehn Jahren war sie meine Direktorin. Hilfreich war die Formel vom ‚Rock und Stock'. Das heißt: Frauen und Behinderte wurden bevorzugt befördert. Hilfreich war auch, dass sie an einem katholischen Gymnasium als Mitglied der CDU das richtige Parteibuch hatte. Ich war politisch eher uninteressiert. An dem Karussell der Beförderungen beteiligte ich mich nicht. Es stiftete Unfrieden. Nicht wenige Kollegen klagten wegen Benachteiligung vor dem Europäischen Gerichtshof.

Ich versuchte, das Private vom Beruflichen zu trennen. Aber leichter gesagt als getan. Manchmal fuhren wir morgens mit nur einem Auto in die Schule, meistens jedoch mit zweien. Sie musste mehr und länger arbeiten als ich. Kamen wir an, ging sie ins Sekretariat und dann in ihr Direktorinnen-Zimmer. Ich begab mich in den Raucherraum, wo bei einem Kaffee die eher geselligen Kollegen und Kolleginnen beisammen waren. Zu Hause hatten wir zwei Arbeitszimmer. Diese Bezeichnung eines Raumes trifft für Gerda zu, für mich weniger. Ich war eher faul, bereitete selten den Unterricht vor, überlegte mir auf der Fahrt zur Schule, was zu tun war. In meinem Arbeitszimmer sah ich mir Filme an, hörte Musik, schlug mich mit dem Schachcomputer herum. Als Alibi, wenn sie mal anklopfte, lagen Bücher auf dem Schreibtisch. Die Korrektur der Klausuren machte in meinen Fächern wenig Mühe und war rasch erledigt. Bei den Kommentaren mit dem Rotstift war ich kurz angebunden, gab lieber eine gute Note statt eine schlechte ausführlich zu begründen. Gerda, die als Direktorin auch noch ein paar Stunden die Woche unterrichten musste, quälte sich in ihren Fächern Deutsch und Soziologie bei den Klausuren mit ausführlichen Rechtfertigungen der Note. Da konnte bei den Korrekturen ein ganzes Wochenende draufgehen. Störend war, dass ich bei den Konferenzen, die unter Gerdas Regiment häufiger geworden waren und länger dauerten als zuvor, ohne wirklich triftigen Grund nicht fehlen konnte. Da hätte ich unter ihren Augen schon wirklich sterbenskrank sein müssen, was aber nie der Fall war.

Gerdas gehobene Stellung färbte auch auf das Zuhause ab. Sie konnte die Schul-Attitüde nicht ablegen. Irgendwie war ich auch in unserem Heim der Rangniedere. Einmal wollte sie mich ermuntern, ebenfalls auf der Karriereleiter nach oben zu klettern.

„Peter, Morgen kommt die Ausschreibung für eine Beförderung zum Oberstudienrat ans Schwarze Brett. Bewirb dich doch bitte!"

„Keinen Bock", hatte ich geantwortet. „Da stell ich mich lieber in der ‚Goldenen Meile' auf den Flohmarkt. Wird doch sowieso wieder eine Frau."

Drei Tage lang war sie beleidigt.

Was die Verteilung der Hausarbeit betraf, war ich fair. Gerda hatte mit ihrem Amt viel mehr zu tun als ich, und so lagen Einkaufen, Putzen und Kochen vor allem auf meinen Schultern. Das Kochen hat Spaß gemacht. Im Laufe der Zeit erkannte und schätzte ich es als eine besondere Kunst. In der Küche hatte ich etwa dreißig Kochbücher. Je nach Jahreszeit gab es auch Exotisches aus Wald und Flur. Mit Pflanzen und Pilzen kannte ich mich aus. Auf unserer Terrasse hatte ich in Töpfen bald fünfzig Kräuter beisammen, die man in keinem Supermarkt bekommt. Lakritzkraut etwa, Bergbohnenkraut, Blutampfer, Hirschhornwegerich, Topinambur, Kümmelthymian, Rapontica, Portulak und Pimpinelle und vieles, vieles mehr. Bei meinen Streifzügen durch die Natur sammelte ich Bärlauch, Brennessel, Löwenzahn, Gundermann, Sauerampfer und Waldmeister, zauberte leckere Süppchen daraus. Ich hatte zwei Manuskripte in der Schreibtischschublade liegen. ,Lecker essen mit seltenen Gewürzen' und ,Futter in Wald und Flur'. Bei den Kräutern und essbaren Pflanzen war ich der Direktor. Gerda hatte keine Ahnung davon, aber es schmeckte ihr meistens.

Wie gesagt, sie nahm die berufliche Attitüde mit ins Haus. Sie war sehr fleißig, was meiner Meinung nach zu Lasten der Libido ging. Bald ging immer weniger, und dann ging nichts mehr. Vor einer

Affäre mit anderen Frauen schreckte ich zurück. Das hätte nur Ärger gebracht. Selbst als ich mit einer hübschen Kollegin, die einem Abenteuer nicht abgeneigt schien, auf Klassenfahrt ging, habe ich nichts unternommen. Ich bin nahezu jungfräulich mit 28 Jahren in die Ehe gegangen. Außer mit meiner Kusine Lilli hatte ich bis dahin mit keiner Frau geschlafen. Oh ja oder Oh je! Das Auge bleibt jung! Nicht selten dachte ich, mit der oder der hätte ich gerne. Aber ich überlegte mir die Konsequenzen und unterließ jeden Versuch.

An diesem Abend auf dem Balkon musste ich mir eingestehen, dass mein Leben ziemlich langweilig und eintönig verlaufen war. Wie die Fahrt einer Straßenbahn. Immer auf derselben Schiene. Ein verschultes Leben. Mit sieben hatte man mir die Schultüte in den Arm gelegt. Mit 65 war ich aus der Anstalt herausgekommen. Und jetzt wollte Gerda mir den Umgang mit Paulo vermiesen.

„Nein!" sagte ich. „Auf keinen Fall!"

9

Ich hatte bei Paulo oben auf der Getränkebar ein Schachspiel gesehen. Entweder war es nur Dekoration oder er spielte mit Giovanna. Das war vielleicht eine Chance, meinem stummen Computer zu entkommen und die Möglichkeit, sich bei ihm öfter zu einer Partie zu treffen. Was sollte Gerda dagegen haben!? Direkt fragen wollte ich Paulo nicht, übte mich in Zurückhaltung, setzte mich aber am nächsten Tag mit dem Mephisto so auf den Balkon, dass er das Brett und die Figuren sehen konnte. Und richtig: Er erschien, goss zuerst die Cannabispflanzen, blickte dann zu mir, winkte, sah das Schachspiel.

„Du spielst alleine?" rief er.

„Ist ein Computer", antwortete ich.

„Komm rüber!" forderte er mich auf. „Dann spielen wir ein paar Partien."

„Gerne!" rief ich zurück. „In fünf Minuten bin ich da."

Zu Gerda sagte ich: „Ich geh zu Paulo Schach spielen."

Sie verdrehte die Augen. „Das gibt ja was! Wenn du hier wieder besoffen ankommst, fahre ich für ein paar Tage in ein Wellness-Hotel. Alleine."

„Keine Angst. Beim Schach trinke ich nur Kaffee."

„Soll das jetzt öfter so gehen?"

„Wäre schön", antwortete ich und ging aus dem Haus. Es war elf Uhr.

An diesem Morgen traf ich zum ersten Mal auf Giovanna. Sie begrüßte mich herzlich, lächelte, wobei ich in rehbraune, große Kulleraugen sah, die bei der ganzen Mimik mitspielten. Ein verdammt hübsches Weib, dachte ich. Ich schätzte sie auf Fünfzig, fragte aber nicht. Bei Paulo dagegen wollte ich es wissen. Unter Männern darf man das ja.

„Nächsten Monat werde ich siebzig", antwortete er. „Seltsame Zahl, die Sieben vor dem Alter. Da weiß man, dass der meiste Sand schon durch die Uhr gelaufen ist."

Wir spielten, da es Ende Mai endlich wärmer geworden war, auf dem Balkon. Paulo genehmigte sich einen Cognac. Ich bestand, da unser Platz von nebenan einsehbar war, auf Kaffee.

Paulo nahm einen schwarzen und einen weißen Bauer in die Hände, schloss sie zu Fäusten, streckte sie mir entgegen. Ich durfte die Farbe wählen, erwischte Schwarz. Das war ungewohnt, weil ich gegen den Mephisto immer mit Weiß spiele. Aber was sollte das! Ich habe so meine Raffinessen. Eine besteht darin, im Zuge der Eröffnung den gegnerischen Damenspringer zu fesseln. Zieht der Springer, geht die Dame und damit auch das Spiel verloren. Paulo nahm die Fesselung gelassen, goss sich ein zweites Glas Cognac ein. Zu meiner Überraschung schlug er mit seinem Läufer meinen Königsbauer, verlor dafür aber seine wertvollere Figur. Ich nahm sie mit dem König. Und dann zog er doch tatsächlich mit seinem Springer, schien die Dame opfern zu wollen. Aber sein Springer hatte meinem König Schach geboten. Ich musste mit dem König ziehen. Paulo kassierte mit seiner Dame den Läufer, mit dem ich ihn hatte fesseln wollen. Die geschützte Stellung meines Königs war dahin. Ich konnte keine Rochade mehr machen. Hinsichtlich der Figuren war ich jetzt im Nachteil. Im Verbund mit dem Springer griff nun Paulos Dame an, räumte rund um meinen König auf und setzte ihn matt.

„Olala!" sagte ich. „Die Kombination kenne ich noch nicht."

„Nun", meinte er. „Die Fesselung der Dame ist nicht absolut. Man kann sie opfern oder kombiniert so wie ich eben. Nur einen gefesselten Königsspringer darf man nicht bewegen."

„Du spielst auch mit Giovanna?"

„Nicht mehr. An diesem Spiel hat sie leider die Lust verloren."

Auch die zweite Partie ging daneben. Paulo war beim vierten Glas Cognac angekommen, aber es machte sich nicht bemerkbar.

Nach zwei Stunden verabschiedete ich mich, ging wieder rüber zu Gerda.

„Na ja", sagte sie im Flur, wo wir uns begegneten. „Wenigstens riecht man jetzt keine Fahne. Hast du gewonnen?"

„Der Typ trinkt seinen Cognac beim Spiel, wahrhaftig nicht wenig, und spielt trotzdem exzellent. Keine Chance."

Das war mein erster Schachtag bei Paulo.

10

Noch eine Änderung ergab sich, die Gerda misstrauisch machte. Ich hatte bei Paulo sein kragenloses, weites, taubenblaues Leinenhemd bewundert. Dazu trug er eine bequeme gürtellose dunkelblaue Hose ebenfalls aus Leinen. An den Füßen steckten knallrote Sportschuhe.

„Wo bekommt man so etwas?" fragte ich ihn.

„In Koblenz, im Künstlergässchen, im ‚Namaste Bazar'. Die haben Sachen aus Tibet und Nepal. Würde dir auch stehen."

Er lächelte und meinte: „Sei mir nicht böse. Aber du kleidest dich, als müsstest du jeden Moment zu einer seriösen Arbeit. Fehlt nur noch die Krawatte zu deinem Bürohemd. Dabei bist du doch, wie du mir erzählt hast, schon in Rente oder Pension. Wer hindert dich daran, bequem und nicht so bürgerlich herumzulaufen?"

Ich kommentierte das mit einem verlegenen „Hmmm" und „niemand", merkte mir aber, was er gesagt hatte.

Gerda verkündete ich noch am Nachmittag, dass ich nach Koblenz fahren wollte, um mir ein paar neue Sachen zum Anziehen zu kaufen.

„Soll ich mitkommen?" fragte sie, „dich beraten. Was brauchst du denn?"

„Ein paar neue Hemden und Hosen."

„Aber du hast doch genug."

„Ja, aber die sehen aus, als würde ich immer noch in die Schule gehen."

„Wer hat dir bloß diesen Floh ins Ohr gesetzt? Paulo?"

„Nein, nein. Da bin ich selber draufgekommen."

So fuhr ich also nach Koblenz, fand auch das Künstlergässchen und den Bazar, kaufte mir ein paar nepalesische, buntgestreifte Sommerhemden mit Knopfleiste, zwei dunkelblaue Goahosen und einen lilafarbenen Schlauchschal, den man sich auch als Mütze über den Kopf ziehen konnte. In der Umkleidekabine wechselte ich meine Garnitur, ließ mir meine alten Sachen einpacken. Um Gerda zu besänftigen, kaufte ich für sie ein Glas mit Räucherwerk. ‚Liebesreigen - Kraftvoll Räuchern' stand auf dem Etikett. In der Beschreibung war angegeben: „Sorgt für eine liebevolle Atmosphäre und die Öffnung unserer Herzen."

Auf dem Rückweg fuhr ich in Mülheim-Kärlich bei Intersport vorbei und legte mir ein Paar knallrote Laufschuhe zu, die ich nach dem Probieren anbehielt. Ein paar Kilometer weiter parkte ich in Andernach und fand in einer Boutique eine taubenblaue, schicke Lederjacke mit vielen Taschen. So tauchte ich bei Gerda auf.

„Wie siehst du denn aus?" meinte sie verwundert. „Was ist los? Muss ich mir Sorgen machen?"

„Nein, überhaupt nicht."

„Hast du etwa eine Freundin und ich weiß noch nichts davon. Dieser Wechsel kommt doch nicht von ungefähr."

„Eine Freundin? Wie denn? Ich bin doch meistens zu Hause."

„Wer weiß, was du so alles anstellst. Kann doch sein, dass du beim Sammeln von Bärlauch eine Kräutertante getroffen hast."

„Ach was!" beruhigte ich sie. „Ich will nur nicht immer in den Schulklamotten rumlaufen."

Sie schüttelte den Kopf. „Merkwürdig, ungewöhnlich. Du siehst aus, als kämst du aus Afghanistan."

Ich gab ihr das Glas mit dem Räucherwerk. „Für dich. Schafft eine sinnliche Atmosphäre."

„So? Meinst du, das hätte ich nötig?"

„Nein. Du bist auch ohne Räucherwerk attraktiv."

Das stimmte. Sie war schlank, groß, dunkelblond, nur leider etwas streng und abstinent. Aber vielleicht würde sich das ändern. Seit einem Jahr war sie aus dem

Schuldienst und hatte nicht mehr den ganzen Ärger am Hals. So ganz raus war sie aber noch nicht. Zweimal die Woche traf sie sich ehrenamtlich mit Kolleginnen, um in einer Kommission neue Richtlinien für das Fach Soziologie zu erarbeiten.

„Könntest du doch auch für die Biologie machen", hatte sie mir im April vorgeschlagen.

„Nein danke!" war meine Antwort. „Ich geh lieber in den Wald und sammle Bärlauch."

11

Eine solche Ablehnung gut gemeinter Ratschläge liebte Gerda nicht. Im Gegensatz zu mir ging sie in ihrem Beruf auf, litt darunter, dass es damit auf einmal vorbei war. Die ehrenamtliche Arbeit in der Kommission war für sie ein letzter Notanker. Ich dagegen war kein Pädagogikfreak. Schon das Wort ‚Erziehung', in dem ja ‚ziehen' steckt, also ein gewisser Zwang, verursachte mir Bauchschmerzen. Ich war gar nicht in der Lage, an Richtlinien zu basteln, konnte mich auf diesem Gebiet nicht austoben, zumal an den Schulen diese Richtlinien mehr und mehr zunahmen und immer absurder wurden. Da heckten Dezernenten und Schulministerinnen immer neue Details aus, die sich wie ein Korsett um eine freie Arbeit legten.

Am Abend nach meinem Koblenzer Ausflug wollte ich ein romantisches Beisammensein versuchen, dem ich mit einem leckeren Essen nachzuhelfen dachte. Es gibt nämlich so etwas wie die Lust auf dem Teller, natürliche Aphrodisiaka, die den Stillstand im Bett beenden, Lebensmittel, die Lust auf Sex machen. Die Avocado gehört dazu, der Granatapfel, Austern, der grüne Spargel, Chili, Feigen, Erdbeeren, Mandeln und Lachs. Ich überlegte, wie ich ein Menü zubereiten konnte, das die Libido wieder in Schwung brachte und der Unlust ein Ende bereitete. Cannabis gehört übrigens auch dazu. Aber das ist natürlich kein Lebensmittel. Gerda würde sich niemals darauf einlassen, und außerdem wusste ich nicht, wo ich das herbekommen sollte. Ich konnte ja nicht zu Paulo gehen und fragen: „Hast du noch was von dem gepressten grünen Zeug? Ich möchte meine Frau verführen."

„Ich fahr ins Dorf zu Edeka", sagte ich zu Gerda. „Ich will für heute Abend ein neues Rezept ausprobieren."

Sie sah mich verwundert an. „Was ist bloß los mit dir? Aber bitte! Unser Kühlschrank ist voll und du weißt, dass ich mich abends nicht vollstopfe. Ein Brot mit Quark reicht mir. Daran bin ich gewöhnt. Außerdem möchte ich mein Gewicht halten."

„Dann machen wir eben mal eine Ausnahme. Hier muss ja nicht immer die Kargheit wohnen."

Bei Edeka besorgte ich an der Fischtheke Austern und frischen Lachs. Beim Türken gegenüber einen Granatapfel, grünen Spargel, eine Avocado und Feigen.

Vor der Tagesschau, die sich Gerda im Gegensatz zu mir immer ansah, begab ich mich in die Küche, bereitete als Vorspeise die Avocado mit Zitrone, Chili und Granatapfelkernen. Im Hauptgang gab es einen Teller mit Austern, gebratenem Lachs und grünem Spargel, zum Nachtisch halbierte Feigen mit Sahne. Beim Spargel durfte die Sauce Hollandaise nicht fehlen. Aus unserem Weinkeller holte ich Frankenwein in bauchiger Flasche nach oben.

Da es ein warmer Tag Ende Mai war, deckte ich den Tisch auf dem Balkon. Ich vergaß auch eine dekorative, stimmungsvolle Kerze nicht. Was die musikalische Untermalung betraf, hatte ich eine CD mit Tangos aufgelegt.

„Ich wundere mich über dich", meinte Gerda. „Das hast du noch nie gemacht. Aber sei mir bitte nicht böse, wenn ich keine Austern esse. Ich mag dieses glibberige Zeug nicht."

Sie aß nur wenig. Es blieb viel übrig. Aber immerhin machte sie sich über die Avocado her und fand auch die Feigen lecker.

„Wie wäre es einmal mit einem Gläschen Wein?" fragte ich. „Es muss ja nicht zur Gewohnheit werden. Ab Morgen kannst du wieder grünen Tee trinken."

„Nein danke! Wenn man dem Teufel den kleinen Finger gibt... Du kennst das ja."

Ich zog das Abendessen in die Länge, räumte den Tisch ab bis auf den Frankenwein, bei dem sich die Flasche schon merklich geleert hatte. Als die Dämmerung begann, schwärmte ich von einer Weltreise im Wohnmobil.

„Wir haben genug Zeit und auch Geld, um so etwas zu machen."

„Wohnmobil, Campingplätze? In unserem Alter? Nein. Wie willst du mit einem Auto um die Welt kommen?"

„Es gibt Fähren und Containerschiffe."

Ich konnte sie nicht überzeugen. Sie war allenfalls bereit zu einem Urlaub auf den Kanaren.

Ich hatte die Flasche Frankenwein schon ganz geleert, wurde in der beginnenden Dunkelheit leichtsinnig und sogar frivol und sagte:

„Was ist nur aus uns geworden? Früher haben wir noch am Strand gevögelt. Jetzt haben wir ein neues, luxuriöses Schlafzimmer und nichts läuft mehr. Weihnachten ist öfter."

„Du spinnst, Peter! Hast du dazu diese Veranstaltung gemacht? Wer hat dir den Kopf verdreht? Dieser versoffene Paulo?"

Und dann ritt mich der Teufel und ich beging einen unverzeihlichen Fehler.

„Versoffen? Dessen Frau legt sich im Dunkeln auf den Balkontisch und dann vergnügt er sich mit ihr. Warum geht das bei uns nicht? Kannst du dich nicht auch einmal auf den Tisch legen?"

Gerda sah mich empört an. „Unser Gespräch ist hier beendet. Dich hat wohl der Johannistrieb erwischt. Du schläfst diese Nacht auf der Couch."

Ich erwiderte noch mürrisch: „Besser Johannistrieb als Josefsehe!"

Sie stand auf und ging. Ich begab mich in den Weinkeller, um eine zweite Flasche Frankenwein zu holen. Mir dämmerte, dass ich einen Fehler begangen hatte und das Gespräch geschickter hätte führen müssen.

Ich wechselte die CD mit der Tangomusik, die in einer Endlosschleife gelaufen war, und legte eine CD mit moderner Popmusik in den Player.

Als erster Song kam ,Beautiful madness' von Michael Patrick Kelly. Der Text passte zu meiner Befindlichkeit: "Is it a tragedy or triumph? It's sick…"

12

Ich war auf dem Balkon eingeschlafen, wurde in der Morgendämmerung fröstelnd wach. Die Vögel zwitscherten schon, den Supermond, der für diese Nacht angekündigt war, hatte ich verpasst.

Nur einmal im Jahr kam der Mond der Erde so nahe. Vor mir standen zwei leere Flaschen Frankenwein. Ich überlegte, wo ich die zweite, die ich noch nach Gerdas Verschwinden getrunken hatte, verstecken konnte. Auf eine Eskalation der Vorwürfe wollte ich verzichten. Ich stopfte die Flasche, die sich wegen ihrer bauchigen, flachen Form gut dazu eignete, hinter einen Blumenkasten. Später würde ich sie richtig entsorgen.

Meine Worte vom Abend fielen mir wieder ein, Gerdas Empörung. Hätte sie meine Sätze nicht mit etwas Gelassenheit und Humor nehmen können? Vielleicht sogar als Kompliment, als Aufforderung, einander wieder näher zu kommen. Statt dessen hatte sie sich alleine in unser Luxusschlafzimmer begeben und mich auf die Couch verbannen wollen. Was war nur los mit ihr? War sie besorgt wegen Paulos Einfluss, der den ihren mindern würde? Hatte sie Angst, die Kontrolle über mich zu verlieren, befürchtete Aufsässigkeit oder gar Rebellion? Gewiss, mit Gerda hätte ich so nicht reden dürfen. Aber gab es nicht auch Frauen, die ganz anders reagiert hätten? Die mit einem Lächeln den Tisch freiräumen würden? Aber ich Idiot war mit der Tür ins Haus gefallen. Ich hätte sie zu der Musik erst einmal zu einem Tango auffordern sollen, statt sie mit verbalen Attacken zu überfallen und mich sitzend bei einer Flasche Wein geilen Gedanken hinzugeben.

Ich hatte keine Lust auf Streit und Auseinandersetzung, wollte mich jetzt, da der Rausch verflogen war, lieber um Versöhnung bemühen, deckte wie immer, da ich stets vor Gerda aufstand, den Frühstückstisch. Dieses Mal mit besonderer Sorgfalt und einer stimmungsvollen Kerze.

Gegen Acht stand sie auf, verschwand zuerst im Bad, zog sich im Schlafzimmer an, ging an der Küche vorbei ins Wohnzimmer, wollte offensichtlich nachsehen, ob ich auf der Couch geschlafen hatte, wo sie mir noch fürsorglich eine Decke hingelegt hatte, die jedoch noch genauso gefaltet und unberührt dort lag. Ich hörte, wie sie den Fernseher einschaltete. Das machte sie jeden Morgen, um die Zahlen des RKI zu verfolgen, die Neuinfektionen, die Toten und die Inzidenz. Erst nach ein paar Minuten kam sie ohne Morgengruß an den gedeckten Küchentisch. Sie setzte sich schweigend mir gegenüber. Sie hatte ihr Smartphone dabei, tippte ein paar Tasten. Dann sah sie plötzlich auf, blickte mich an und meinte:

„Mein Lieber, weißt du, was der Papst gesagt hat? Das habe ich bei Google gefunden. Der Papst hat gesagt: ‚Brasilien findet kein Heil. Zuviel Schnaps und zu wenig Gebet!‘"

Ich war überrascht. „Seit wann bist du fromm und siehst nach, was der Papst gesagt hat? Kann ich mir übrigens nicht vorstellen, dass sich Franziskus so äußert."

„Doch, doch. Diese Meldung gehört nicht zu den Fake-News."

Unser Frühstück verlief schweigend. Nur einmal fragte sie: „Gehst du heute wieder rüber?"

„Ja", antwortete ich. „Wir sind zum Schach verabredet."

13

Unsere Partie spielten wir auf dem Balkon. Paulo begrüßte mich mit den Worten:

„Oh, du warst in dem Koblenzer Bazar! Steht dir gut. Macht einen ganz anderen Eindruck."

Er hatte sich wieder ein großes Schwenkglas mit Cognac gefüllt. Mir hatte er auch einen angeboten, aber nach einigem Zögern hatte ich mich für Kaffee entschieden. Nach der Eröffnung des Spiels, bei mir wie immer weißer Bauer auf E4, fragte ich mit einem Lächeln:

„Sag mal Paulo, stimmt das, der Papst soll gesagt haben, Brasilien hätte kein Heil. Zu viel Schnaps und zu wenig Gebet. Ich kann mir nicht vorstellen, dass er das geäußert hat."

„Weiß ich nichts von. Wo hast du das denn her?"

„Hat mir Gerda heute Morgen erzählt. Sie hat es im Internet gefunden."

Paulo schüttelte den Kopf, stand auf.

„Ich hol eben mein Smartphone, guck mal nach."

Er ging ins Wohnzimmer, kam mit dem Handy zurück, setzte sich, loggte sich ins Internet, suchte. Nach ein paar Minuten sagte er:

„Da haben wir ihn. Papa Francisco. Tatsächlich. O Brasil não tem salvação, muita cachaça e pouca oração. Da gibt es sogar ein Video mit dieser Aussage. Aber, aber! Der Kontext ist ganz anders. Ein brasilianischer Priester hat ihn gefragt, ob er für ihn beten könne. Der Papst hat gelacht und diesen Spruch losgelassen. Das ist als Scherz gemeint. Du siehst, wie verfänglich Scherze sein können."

„Davon hat mir Gerda nichts erzählt. Übersetze mir doch bitte den Artikel und schicke mir den brasilianischen Text als Email."

„Ja, gerne."

Er ging wieder ins Wohnzimmer, kam mit Stift und einem Notizzettel zurück. Ich schrieb meine Emailadresse auf.

„Erledige ich sofort", sagte er. „Ist ja nur ein kurzer Text. In der Zwischenzeit kannst du überlegen, wie du dem Matt entkommst."

Die zwei Partien, die wir dann gespielt haben, hatte ich wieder verloren. Als ich gegen Mittag zu Gerda zurückkam, ging ich in mein Arbeitszimmer, fuhr den Computer hoch, loggte mich bei meinen Emails ein, rief Gerda, die in ihrem Arbeitszimmer war.

Sie kam. Ich zeigte ihr auf dem Monitor den brasilianischen Text, übersetzte ihn so, wie ich ihn in Erinnerung hatte, sagte:

„Das ist doch nur als Scherz gemeint. So etwas würde der Papst nie im Ernst von sich geben. Brasilien ist das Land mit den meisten Katholiken in der Welt."

„Jeder Scherz hat seinen wahren Hintergrund", meinte sie spitz. „Wieso kannst du auf einmal Portugiesisch? Bist du mit den neuen Nachbarn schon so weit?"

„Paulo trinkt nicht nur", entgegnete ich. „Er ist auch ein ausgezeichneter Lehrer."

„Du spinnst! Was soll das? Man lernt in ein paar Tagen doch kein Portugiesisch. Du willst mich mal wieder provozieren. Mein Gott, was ist nur mit dir los!"

Sie verließ mein Arbeitszimmer, knallte die Tür zu. Es herrschte dicke Luft im Hause Biber.

14

Eigentlich hatte ich mir vorgenommen, nicht mehr über Corona zu reden. Aber dann, bei unserem nächsten Treffen, geriet ich mit Paulo doch in diese Thematik. Ich hatte bemerkt, dass bei den Souzas kein Fernseher im Wohnzimmer stand. Das war ungewöhnlich, denn in fast jedem deutschen Wohnzimmer gab es einen.

„Ihr habt kein Fernsehgerät?" fragte ich. „Habe ich in den Keller gebracht", antwortete er. „Was soll man schon gucken? Kitsch, Krimis, stündlich schlechte Nachrichten, Talkshows oder Quizsendungen, wo sich das Fernsehen selber feiert. Endgültig auf die Nerven gegangen sind uns die Sender mit dem Bombardement der Zahlen und der Toten. Gerade aus Brasilien zeigen sie immer wieder schlimme Bilder. Massengräber in Manaus. Bei den Zahlen vergessen sie, dass Brasilien dreimal so viel Einwohner hat wie Deutschland. Diese Schwarzmalerei! Scheißvirologen! Gerade geht Covid-19 etwas zurück, da warnen sie vor supergefährlichen Mutanten und künden das nächste Virus an. Angeblich besteht uns eine neue Pandemie bevor. Vogelgrippe, HSN8, supergefährlich und durch die Luft ansteckend. Demnächst machen sie noch auf die Vögel Jagd, nachdem sie Hühner und Enten gekeult haben. Lässt du dich eigentlich impfen?"

„Nein. Gerda bedrängt mich aber wegen der Reisefreiheit. Sie hat es schon hinter sich. Ich habe auch keine Lust auf diese Testorgien."

„Und ihr? Lasst ihr euch impfen oder habt es schon?" fragte ich Paulo.

„Nein, machen wir nicht. Impfstoffe brauchen zehn Jahre Erprobungszeit. Dieses Mal haben sie das Gift in Windeseile durchgepeitscht. Weiß der Teufel, was das noch für ein Nachspiel gibt. Den brasilianischen Präsidenten, Bolsonaro, beschimpfen sie, weil er gesagt hat: ‚Es ist eine Schande, in das menschliche Immunsystem einzugreifen.' Wir denken, dass er recht hat. In Brasilien gibt es übrigens keinen Lockdown. Und auch kein Social Distancing. Kann man mit uns sowieso nicht machen."

„Rätselhafte Geschichte", bemerkte ich. „Ich weiß nicht, was ich davon halten soll. Manchmal bezweifle ich, ob das mit der Gefährlichkeit alles so stimmt. Ich gehöre nicht zu den Querdenkern, bin aber ratlos. Ich kann mir zum Beispiel nicht erklären, dass Vietnam in dieser ganzen Corona-Zeit nur 47 Tote hatte. Bei 100 Millionen Einwohnern. Wie kommt das? Die haben doch ihre Handelsbeziehungen mit aller Welt, leben nicht isoliert."

„Ja", meinte Paulo. „Da gibt es einige Länder, die nicht davon betroffen sind. Aber das erzählt man bei den Nachrichten nicht. Ich finde, dass der Apparat im Keller bestens aufgehoben ist. Nur schade, dass man diese blöden Gebühren nicht vermeiden kann. Sie zwingen einen, sobald man irgendwo gemeldet ist, an der Verdummung teilzunehmen."

„Guckt ihr überhaupt keine Filme? Ins Kino kann man zur Zeit ja noch nicht."

„Doch. Wir sehen jeden Tag Filme. Wir nehmen ein Tablet mit ins Bett, suchen uns bei Netflix einen Film aus. Das ist unser kuscheliges Heimkino."

Als ich in die Bibersche Wohnung zurückkehrte, schlug ich Gerda vor, den Fernseher aus dem Wohnzimmer zu verbannen und ihn zu dem anderen Gerümpel in den Keller zu bringen.

„Du spinnst wohl", schimpfte sie. „Wo hast du denn diese Idee wieder her? Brauchst du gar nicht zu beantworten. Ich kann es mir denken. Paulo, Paulo, Paulo. Ich will diesen Namen in unserer Wohnung nicht mehr hören."

„Aber es gibt doch eine Alternative zum Fernsehen", widersprach ich. „Wir legen uns ein Tablet zu, nehmen es mit ins Bett und haben eine wunderbare Auswahl an Filmen bei Amazon und Netflix. Paulo macht das auch so."

„Bist du jetzt auch noch taub geworden? Was habe ich eben gesagt? Du sollst den Namen nicht mehr erwähnen."

„Entschuldigung. Ich meinte, unser Nachbar macht das auch so."

„Peter Biber", sagte sie in einem leisen, aber scharfen Ton, „ich fahre Morgen für drei Tage in ein Wellness-Hotel an der Mosel. Da kannst du die ganze Zeit nebenan verbringen und meinetwegen auch da schlafen."

„Morgen? Du hast doch deine Kommission für die Richtlinien."

„Lasse ich ausfallen. Es wird Zeit, dass du über neue Richtlinien für unser gemeinsames Leben nachdenkst, bevor alles noch schlimmer wird. Eigentlich hatte ich mir vorgestellt, mit dir in Ruhe alt zu werden."

„Alt zu werden? Ich würde lieber mit dir jung bleiben."

„Jung bleibt man nicht, indem man sich in deinem Alter kindisch kleidet und Wein und Wodka säuft, Widerworte gibt und mit dummen Ideen kommt. Deine Entgleisung von gestern Abend will ich dir nicht nachtragen. Da hattest du schon eine ganze Flasche von dem Frankenwein getrunken."

Am nächsten Morgen machte Gerda ihr Vorhaben wahr und fuhr an die Mosel.

15

Was ich noch nicht erzählt habe, ist die Geschichte mit Hugo. Gerda und ich waren vor zehn Jahren zu einem Erfahrungsaustausch mit polnischen Kollegen in Kolberg an der Ostsee. Wir wohnten in einem Gartenhäuschen. Das Nachbargrundstück war von einer hohen Mauer abgetrennt. An einem frühen Morgen, als ich vor dem Häuschen stand, flog ein Kätzchen, das gerade erst geboren war, über die Mauer. Der Nachbar hatte es auf diese Weise entsorgen wollen. Mir tat das Tier leid, das hilflos auf dem Rasen lag. Ich hob es auf, nahm es mit in unser Häuschen. Einen Karton polsterte ich mit einer Decke, legte das Kätzchen hinein, kaufte in einer Apotheke eine Spritze, im Supermarkt einen Liter Milch. In den Tagen, an denen wir in Polen waren, nahm ich die junge Katze mehrmals täglich auf den Arm, schob ihr die mit Milch gefüllte Spritze zwischen die Lippen, päppelte sie so auf.

Wir haben die Katze, die ein Kater war, in dem Karton mit nach Bad Breisig genommen. Fortan übernahm Gerda das Füttern. Es wurde mehr und mehr ihr Kater. Sie nannte ihn Hugo. Wie sie auf diesen Namen kam, weiß ich nicht. Sie fand ihn offensichtlich schön. Als Hugo eine gewisse Größe erreicht hatte, ließ sie eine Katzenklappe in die Terrassentür einbauen. Die Häuser in der Parkstraße liegen an einem Hang, so dass man zu der rückwärtig gelegenen Terrasse hochlaufen kann. Zur Straße hin und zu unserem Balkon befindet man sich dann im ersten Stock. Beim Freigang des Katers, bei dieser Premiere, blieb Gerda bis zum frühen Morgen wach, sorgte sich, ob Hugo zurückkommen würde. Er kam zurück. Er kam immer wieder zurück und legte sich nach dem nächtlichen Streunen auf seine Decke in unserem Schlafzimmer. Gerda wollte ihn sogar mit ins Bett nehmen, aber ich war dagegen und protestierte ausnahmsweise mal mit Erfolg. Eigentlich hätte ich lieber einen Hund haben wollen, aber das ging jetzt nicht mehr.

„Pass gut auf Hugo auf!" hatte Gerda vor ihrer Fahrt an die Mosel gesagt. „Denk an das Futter. Es sind noch genug Dosen da. Kümmer dich auch um das Katzenklo und das frische Wasser."

Hugo war in all den Jahren ein alter Kater geworden, verzichtete seit einiger Zeit auf den nächtlichen Freigang, war fett, faul und träge. Die Jagd auf Mäuse war vorbei. Was das Futter betrifft wurde er mit Delikatessen verwöhnt. Häppchen in Gelee mit Rind und Huhn, Lachs und Forelle, Ente und Truthahn. Gerda achtete auch auf ausgewogene Mineralstoffe, die Vitamine D und E und Omega 6 Fettsäuren.

Am ersten Tag, als sie ins Wellnesshotel gefahren war, befiel mich ein seltsames, ungewohntes Gefühl, so alleine in der großen Wohnung zu sein. Den Vormittag verbrachte ich bei Paulo, sprach auch, da ich nichts zu befürchten hatte, mit ihm dem Wodka zu. Die Schachpartien verlor ich wieder. Um den Niederlagen ein Ende zu bereiten, zog ich mich am Nachmittag in mein Arbeitszimmer zurück, trainierte mit dem Mephisto und studierte zum ersten Mal in einem Schachbuch Eröffnungen.

Am Abend saß ich auf dem Balkon, hatte mir eine Flasche Frankenwein aus dem Keller geholt und sinnierte über den

Zustand unserer Ehe, in der es gewaltig kriselte.

Und es kriselte noch mehr. Denn als ich ins Schlafzimmer ging und mich in unser Doppelbett legen wollte, saß Hugo mittendrauf, fauchte mich an, hob die Krallen. Offensichtlich hielt er mich für schuldig, dass Gerda nicht da war. An Schlafen im Bett war nicht zu denken. Ich hätte Hugo vielleicht mit einem Besen verjagen können, aber das schien mir zu gefährlich. Ich wusste nicht, wozu er noch fähig war. Ich wollte nicht riskieren, dass er mir ins Gesicht sprang und mir die Krallen in die Backen schlug. Also zog ich mich auf die Couch im Wohnzimmer zurück. Ich war aus dem eigenen Schlafzimmer verbannt.

16

So gut für Hugo gesorgt war, so wenig für mich. Wein und Tabak gingen zur Neige, der Kühlschrank war leer, in der Kühltruhe lag eine einsame Pizza. Mit dem Eintritt Gerdas in den Ruhestand hatten wir meinen roten Fiat Panda verkauft, behielten, worauf sie bestanden hatte, ihren SUV, einen weißen Audi. Das Auto, das wegen seiner Bodenfreiheit als Geländewagen bezeichnet wurde, hielt ich für zu protzig. Im Gelände waren wir damit nie. Jetzt aber war sie damit an der Mosel. Ich hätte zum Einkaufen nach unten ins Dorf gehen müssen und mit einer schweren Einkaufstasche danach den Berg hoch. Dazu hatte ich keine Lust, auch nicht auf die Fahrt mit einem Taxi. Geldverschwendung.

Um elf, nach einer unruhigen Nacht auf dem Sofa, ging ich nach nebenan, um mit Paulo eine weitere Partie zu spielen. Kurz nach meiner Eröffnung, wobei ich dieses Mal den Bauer auf C4 zog, kam Giovanna auf den Balkon, hauchte mir zur Begrüßung zwei Küsschen auf die Wangen und sagte zu Paulo: „Ich fahre jetzt einkaufen."

Ich sah meine Chance nicht nur für das Einkaufen, sondern auch Giovanna etwas näher kennen zu lernen. Bislang hatte sie sich, wenn wir spielten, diskret zurückgezogen.

„Kannst du mich mitnehmen?" fragte ich. „Ich habe im Moment kein Auto. Meine Frau ist damit für drei Tage unterwegs."

„Ja, gerne", antwortete sie. „Wo möchtest du denn hin? Aldi, Lidl oder Edeka?"

"Ist egal. Die Hauptsache, es gibt guten Wein."

„Okay. Dann fahren wir am besten nach Sinzig ins Kaufland. Sind nur ein paar Kilometer mehr."

Zu Paulo meinte ich: „Wir setzen später unsere Partie fort. Inzwischen kannst du überlegen, wie du dem Matt entkommst."

Er lachte. „Witzbold. Da ist doch erst ein Bauernzug gelaufen. Aber diese Eröffnung kenne ich noch nicht. Vielleicht gewinnst du dieses Mal tatsächlich."

Es war ein schöner, warmer Vormittag mit einem makellos blauen Himmel. Ich stieg zu Giovanna in das Fiat-Cabrio. Sie schaltete die Zündung ein, startete aber noch nicht den Motor, öffnete erst das Verdeck, holte aus dem Handschuhfach eine CD, schob sie in den Player, Volksmusik erklang. Wie auf dem Oktoberfest. Polka, Walzer, ein Marsch oder irgendein Ländler.

„Du hörst bayerische Musik?" fragte ich erstaunt.

Sie lachte. „Nein. Das ist die Musik der Gauchos in Südbrasilien. Warte, ich zeige dir das auf meinem Smartphone."

Sie holte das Mobilgerät aus ihrer Jackentasche, tippte flink mit dem rechten Daumen, drehte die Musik im Player leise. Jetzt kam eine ähnliche Musik aus dem Handy. Sie reichte es mir. Auf dem Video sah ich zwei abenteuerlich gekleidete Typen mit Stiefeln einen Schuhplattler tanzen.

„So sehen brasilianische Gauchos aus, die Maragatos in Südbrasilien", erklärte Giovanna. „Hut, Halstuch, Weste, Peitsche, Tirador, hmm, ach ja, auf Deutsch Lederschürze, Lasso, dann Stiefel mit Sporn. Und meistens siehst du auch einen ausgehöhlten Kürbisbecher, aus dem sie mit der Bomba, einem Röhrchen mit Sieb unten am Ende, Mate-Tee trinken. Wenn ihr uns in Brasilien mal besucht, können wir uns so eine Show ansehen."

Sie schaltete das Handy aus, drehte die Musik von der CD wieder lauter, startete den Motor. Zu brasilianischer Gaucho-musik fuhren wir nach Sinzig.

„Ihr wollt wieder nach Brasilien?" fragte ich.

„Ja, wenn in Deutschland der Winter kommt. Dann ist in Südbrasilien Sommer. In der Provinz Rio Grande do Sul, in Santa Cruz, haben wir eine kleine Farm. Jetzt hat unten im Süden der brasilianische Winter begonnen. Schnee gibt es zwar keinen, aber es ist kalt und oft regnerisch, besonders im August. Da ist es im Sommer in Deutschland schöner."

„Eine kleine Farm? Kümmert sich jetzt jemand darum?"

„Farm ist eigentlich übertrieben. Es ist ein Haus mit einem riesigen Garten, wo wir allerlei anbauen. Obst, Gemüse. Alles aber nur zur Selbstversorgung. Wenn wir in Deutschland sind, kümmert sich eine Freundin von mir darum, Tereza. Sie kommt uns übrigens irgendwann besuchen. Sie hat im deutschen Konsulat in Rio gearbeitet, spricht ausgezeichnet Deutsch. Sie lebt alleine, beneidet mich um Paulo. Wie lange sie bleibt, weiß sie noch nicht. In dieser Zeit kümmert sich ihr Bruder um unser Haus."

Ich war neugierig, fragte: „Wie kommt ihr ausgerechnet nach Bad Breisig?"

„Paulo liebt den Mittelrhein. Er hat in Bonn, nachdem sein Vater von Rio dorthin versetzt wurde, studiert. Ich habe in der brasilianischen Botschaft gearbeitet."

Ich wollte sie nicht weiter ausfragen. So viel Neugierde wäre unhöflich. Ich wechselte das Thema.

„Gerda, meine Frau, ist für drei Tage an die Mosel gefahren, in ein Wellnesshotel. Komisches Gefühl, so alleine zu Hause als Strohwitwer."

„Sie will etwas für ihre Schönheit tun?"

„Ja, denke ich." Ich verschwieg, dass bei uns dicke Luft herrschte und sie vor allem weggefahren war, um sich nicht mehr mit mir auseinandersetzen zu müssen.

„Wie alt ist deine Frau, wenn ich dich das fragen darf?"

„66."

„Wie alt schätzt du mich?"

Ich sah sie von der Seite an. Hübsch war sie, wirkte jugendlich, keine einzige Falte im Gesicht. Wenn sie lachte und den Kopf drehte, flogen ihre Haare zur Seite und gaben den Blick frei auf große, runde, goldene Ohrringe. Sie trug zu der schwarzen Jacke ein dunkelrotes Kleid, das ihr ausgezeichnet stand. An den Füßen steckten bunte Sandaletten. Giovanna fuhr nicht wie die Rentner in Bad Breisig. Sie hatte ein flottes Tempo drauf, hielt sich nicht an die vorgeschriebene Geschwindigkeit, saß auch nicht still auf dem Fahrersitz, sondern bewegte Kopf, Schulter und Hüfte zur Gauchomusik.

„Na ja, kann ich schwer schätzen. Aber ich denke so um die 50 rum."

Sie lachte. „Das meinst du doch nicht ernst."

„Aber ja doch!"

„Ich bin ein Jahr älter als deine Frau."

„Wow! Hätte ich nicht gedacht."

„Und du?"

„68."

Im Kaufland deckte ich mich mit Bier und Frankenwein ein. Es gab dort auch einen Tabakladen. Die leeren Flaschen zu Hause würde ich im nahen Container entsorgen, bevor Gerda wieder erschien. Ich kaufte auch Brot, Butter, Käse. Mir etwas zu kochen, dazu hatte ich keine Lust. Es war auch nicht notwendig. Auf der Fahrt zurück nach Bad Breisig sagte Giovanna:

„Du musst zu Hause nicht alleine herumhocken, dich als Strohwitwer fühlen. Wir grillen heute Abend auf dem Balkon. Du bist herzlich eingeladen."

In Giovannas Gesellschaft hatte ich mich pudelwohl gefühlt, so als säße ich bei

Kerzenschein und Musik in einer warmen Badewanne.

17

Mit Paulo setzte ich die Partie fort und hatte endlich mehr Glück. Unentschieden. Mit meiner Dame konnte ich seinem König Dauerschach bieten. Das ist zwar so etwas wie ein Notausstieg. Aber immerhin. Auch das muss man erst einmal zuwege bringen.

Zuhause rechnete ich mit einem verärgerten Hugo. Ich hatte vergessen, ihm den Napf zu füllen. Der Napf stand in der Küche. Die Tür zum Schlafzimmer hatte ich geschlossen gelassen. Ich öffnete eine Dose mit Lachs und Forelle, gab das Futter in den Napf, wechselte das abgestandene Wasser gegen frisches. Hugo bekam immer stilles Tönissteiner, während ich mich mit Kranenberger begnügte. Ich nahm einen Besen zur Verteidigung, schob vorsichtig die Schlafzimmertür auf. Ich wusste nicht, wie der freche Kater drauf war. Aber Hugo war weg, war durch die Katzenklappe gestiegen, die vom Schlafzimmer zur Terrasse führt. Einen Ausflug tagsüber hatte er noch nie gemacht. Ich dachte, hoffentlich kommt er zurück. Es wäre eine Katastrophe, wenn Gerda wieder erscheint und der Kater ist nicht mehr da. Vielleicht würde sie mir vorwerfen, ich hätte ihn in ein Tierheim gebracht oder gar Schlimmeres mit ihm angestellt. Sie wusste ja, dass ich Hugo eher gleichgültig gegenüberstand und mir lieber einen Hund gewünscht hätte.

Den Nachmittag verbrachte ich mit einer Wanderung zum Flaschencontainer, spähte unterwegs nach unserer streunenden Katze, sah sie aber nirgendwo. Bei einem Döschen Bier trainierte ich im Arbeitszimmer mit dem Mephisto, fuhr danach meinen Computer hoch, studierte bei Google Maps, wo Santa Cruz lag. Ich interessierte mich für Brasilien. Auf der Rückfahrt von Sinzig hatte ich Giovanna gefragt: „Wie ist das, wenn man zwischen zwei Kulturen lebt?"

„Zwischen? Eher mit zwei Kulturen. Klar, es gibt Unterschiede. Bei Musik zum Beispiel können wir nicht stillhalten, müssen uns bewegen. Ihr Deutschen liebt die Ordnung, die Pünktlichkeit, Sicherheit. In Brasilien findest du eher Lebensfreude, Wärme, Herzlichkeit. Dafür ist es aber auch weniger sicher. Das siehst du in manchen Städten. Vergitterte Türen und Fenster, Wachhunde und hohe Mauern um die Gärten. Ach ja, noch etwas zu Brasilien. Wir lieben die Geselligkeit."

Das konnte ich von meinen Balkonbeobachtungen her bestätigen. Im Gegensatz zu Gerda und mir hatten die Souzas oft Besuch. Mindestens einmal die Woche stand irgendein Auto vor dem Nachbarhaus und es wurde vom Balkon aus den Freunden zugewunken. Bei uns hatte es im Jahr 2021 nur zwei Einladungen gegeben. Da versammelte sich die Kommission für die Richtlinien in Gerdas Arbeitszimmer. Drei Kolleginnen von früher, denen ich immer aus dem Weg gegangen war. Und einmal waren zwei Damen von den Grünen gekommen. Gerda hatte nämlich mit ihrer Pensionierung die Mitgliedschaft geändert, um mehr Einfluss auf Digitalisierung und Klimaschutz zu haben. Und sie hatte die Hoffnung, dass die Kanzlerschaft wieder an eine Frau fiel.

Ich gab der Laune nach, bei Google ‚Brasilianerin' einzugeben. Eine ganze Reihe von Artikeln erschien. Mich interessierte besonders ‚Wie ticken Brasilianerinnen?' Ich las: „Die

Brasilianerinnen gelten als temperamentvoll, selbstbewusst, offen, gesellig, lebenslustig und extrovertiert. Gleichzeitig sind sie jedoch ebenso warmherzig und romantisch. Sie lieben ausgelassene Partys, leidenschaftlich zu tanzen und jede Menge Spaß zu haben."

Ich freute mich auf die Grillparty am Abend. Und ich gestehe hier auch, dass ich schon jetzt auf Giovannas Freundin neugierig war.

18

Gegen acht Uhr am Abend ging ich nach nebenan. Hugo war noch nicht aufgetaucht. Mit den Souzas war ich nun etwas vertrauter geworden, legte meine deutsche Zurückhaltung ab und blieb neugierig vor dem großen, gerahmten Foto stehen, das sie im Wohnzimmer über der Couch hängen hatten. Es zeigte einen Brunnen mit zwei Schalen, der auf wuchtigen Basaltblöcken mitten in einem runden Teich stand.

Zwei junge Frauen saßen auf diesen Blöcken, hatten die Haare in den Nacken geworfen und ließen sich von wasserspeienden Putten besprühen.

Ich fragte Paulo:

„Ein schönes, sinnliches Foto. Wo ist das?"

„Im Jardim Botanico, im botanischen Garten in Rio de Janeiro. Das sind die ‚Zwei Damen am Brunnen'. So habe ich das Foto genannt. Es hat eine besondere Geschichte. Ich habe damit einen Wettbewerb gewonnen. So startete meine Karriere als Fotograf. Danach bekam ich lukrative Aufträge für Werbefotografien. Die Dame rechts ist Giovanna, die andere ihre Freundin Tereza. Durch das Foto habe ich Giovanna übrigens kennengelernt. Es war ein Zufallstreffer, dass die Beiden dort saßen und ich die Aufnahme machen durfte. Das Foto erschien in ‚O Globo', einer Tageszeitung in Rio. Giovanna hat es entdeckt und dann nach mir geforscht. Was daraus geworden ist, siehst du ja jetzt."

„Die sind aber verdammt hübsch", meinte ich.

Paulo lachte. „Na klar, da waren sie noch dreißig, jung und schön."

„Hat sich doch wunderbar gehalten. Ich hätte nie gedacht, dass Giovanna schon 67 ist."

„Kannst du ihr ja mal sagen. Sie freut sich über das Kompliment."

„Habe ich schon. Auf der Fahrt nach Sinzig."

„Tereza kommt übrigens zu Besuch. Da kannst du noch mal schätzen."

„Du kannst es mir auch jetzt schon verraten, damit ich in kein Fettnäpfchen trete."

„Na gut. 65. Ein lustiges Weib. Sie raucht, nicht nur Tabak, trinkt und ist sehr temperamentvoll. Sie ist eine echte Carioca. So nennt man die Frauen, die aus Rio kommen. Vielleicht wirst du sie ja kennenlernen. Aber dann pass auf, dass deine Gerda nicht eifersüchtig wird."

„Aufpassen? Warum?"

„Tereza flirtet gerne. Aber das muss nichts zu bedeuten haben. Das ist brasilianisches Temperament."

19

Giovanna hatte von unserem Gespräch nichts mitbekommen. Sie war hinten auf der Terrasse, die zur Wohnung dazugehörte und grillte Spieße mit Gambas und Hühnerfleisch. Garniert waren sie mit Paprika und Zucchinis. Paulo hatte einen sehr gut schmeckenden chilenischen Wein geöffnet und dazu einen Caipirinha serviert. Sie erzählten von Brasilien und wollten auch wissen, wie mein Leben so verlaufen war.

„Nichts Besonderes", hatte ich geantwortet. „Eingleisig. Fast vierzig Jahre habe ich an ein und derselben Bonner Schule verbracht. Gerda war dort übrigens meine Direktorin."

„Uffa!", meinte Paulo. „Klingt kompliziert."

Ich zuckte nur mit den Schultern. „Geht aber. Man kann ja das Berufliche und das Private leicht trennen."

Das stimmte so nicht. Aber ich wollte diesen schönen Abend nicht mit einer Jammertirade verderben.

„Und jetzt ist sie alleine an die Mosel gefahren? Macht dir das nichts aus?"

„Nein", antwortete ich. „Sie ist in einem Wellnesshotel. Mich würde das nur langweilen. Außerdem ist es schön, wenn man sich mal aus dem Weg gehen kann.

Das steigert die Freude auf ein Wiedersehen."

Das war wieder gelogen. Denn ich befürchtete, dass Hugo nicht mehr wiederkam und sah mich schon mit heftigen Vorwürfen konfrontiert.

Und dann steckte ich auf einmal in einem Dilemma. Giovanna sagte:

„Wenn deine Frau wieder da ist, würden wir gerne die Einladung wiederholen und sie kennenlernen."

Was sollte ich darauf antworten? Mir war klar, dass Gerda das ablehnen würde. So wie sie über Paulo sprach. Ich konnte schlecht sagen: „Das geht nicht. Sie will euch nicht sehen."

So antwortete ich nur: „Ja, werde ich ihr sagen." Ich hoffte, mir würde später irgendeine Entschuldigung einfallen. Eigentlich hätte ich auch eine Gegeneinladung machen müssen. Aber das wäre schiefgegangen. Gerda hasste den Alkohol und die Qualmerei. Sie gestattete mir nur ein Glas Wein oder ein Döschen Bier am Abend. Paulo hätte sich ziemlich unwohl bei ihren strafenden Blicken gefühlt.

Auch an diesem Grillabend schlug er wieder heftig zu. Giovanna und ich halfen ihm dabei. Gegen Mitternacht waren acht Flaschen Wein geleert und Paulo hatte sich zwischendurch noch ein paar Wodka genehmigt. Das Erstaunliche war, dass man ihm das kaum anmerkte. Im Gegensatz zu mir. Ich schwankte bedenklich, als ich in unsere Wohnung zurückging. Im Schlafzimmer sah ich noch nach Hugo. Er war nicht da. Unser Doppelbett hatte zwei Matratzen. Eine für mich, eine für Gerda, die gerne hart schlief. Zur Vorsicht, um nicht zerkratzt zu werden, falls Hugo zurückkehrte, zog ich meine Matratze aus dem Doppelbett, schleifte sie in mein Arbeitszimmer. So zu schlafen war bequemer als mit gekrümmten Beinen auf der Couch zu liegen.

20

Verkatert wurde ich am Morgen wach. ‚Verkatert' hatte dieses Mal eine doppelte Bedeutung. Hugo war immer noch weg. Ich sah gewaltige Vorwürfe auf mich zukommen. Ich hatte den Fressnapf und auch das Wasser ins Schlafzimmer neben die Katzenklappe gestellt. Der Napf war unberührt. Er war also nicht da gewesen. Ich setzte mir eine ganze Kanne Kaffee auf, hatte keinen Appetit auf ein richtiges Frühstück, schaltete aus lauter Langeweile im Fernseher das Morgenmagazin ein, stieß auf den Wetterbericht. Das schöne Sommerwetter war vorbei, ein Tief, das ausgerechnet ‚Peter' hieß, im Anzug. Das passte zu meiner Stimmung. Ich hatte keine Ahnung, wie das alles weitergehen sollte. Schach war in den nächsten Tagen nicht möglich. Schon am Vormittag erwarteten Giovanna und Paulo Besuch von Freunden aus Venezuela. Was sollte ich machen, wie die Zeit bis Gerdas Rückkehr vertreiben? Ich hatte keine Ahnung. Spazierengehen war langweilig, ebenso eine Radtour den Rhein entlang nach Koblenz. So fiel ich zwei Tage lang in eine Art Depression, lag missmutig auf der Couch, machte mir Gedanken, ließ mein eintöniges Leben Revue passieren. Paulo hatte nach der sechsten Flasche Wein mit einem gewissen Instinkt und einer freien Direktheit bemerkt:

„Wie hast du das nur ausgehalten? Immer an derselben Schule, deine Frau Direktorin, du auf den niederen Rängen. Geht das dann zu Hause nicht genauso zu?

Warum hast du zum Beispiel nicht die Schule gewechselt?"

Ich hatte wahrheitsgemäß geantwortet: „Ich wollte keinen Streit. Außerdem war ich zu bequem, zu faul für so eine Veränderung."

Giovanna hatte da eingegriffen. „Paulo, warum soll das nicht gehen? Die Frau kann doch Vorgesetzte des Mannes sein. Ist das umgekehrt, machst du dir doch keine Gedanken darüber. Da scheint es normal und selbstverständlich zu sein. Warum soll sich Peter nicht damit arrangiert haben?"

Paulo hatte mit den Schultern gezuckt.

„Na ja, vielleicht möglich. Wäre aber nicht mein Ding. Ich kann mir vorstellen, dass das Berufliche auf das Häusliche abfärbt. Augenhöhe ist besser. Peter wird zu Hause immer unter Kontrolle gestanden haben. Er kann sich zum Beispiel nicht besaufen, weil seine Frau dann denkt: Morgen macht er schlechten Unterricht. Das kann ich als Direktorin nicht dulden. Oder kann er sich, wenn er mal keine Lust auf Schule hat, ein Attest ausstellen lassen und schwänzen? Kann er nicht. Eine unglückliche Konstellation."

Ich bemerkte nichts dazu, gab Paulo aber recht. Er hatte ins Schwarze getroffen. Es war Giovanna, die dann von diesem für mich unangenehmen Thema ablenkte.

„Lass doch, Paulo! Beide sind nicht mehr im Schuldienst. Das ist Vergangenheit. Dein Wodka schon am Morgen ist auch nicht der Hit."

Paulo hatte nur „Na und!?" gebrummelt und von dem leidigen Schulthema abgelassen. Für mich allerdings war es nicht erledigt. Mit Sorge sah ich Gerdas Rückkehr entgegen. Auch am dritten Tag blieb Hugo verschwunden. Ich schüttete den Inhalt des Napfs in die Toilette, füllte ihn neu mit frischem Huhn, wechselte auch das Wasser.

21

Am Abend des dritten Tages wartete ich auf dem Balkon. Endlich gegen Neun kam der weiße SUV, Gerda stieg aus, sah mich, winkte mir zu. Sie wirkte aufgeräumt und gut gelaunt. Oben in der Wohnung begrüßte sie mich mit einem Kuss, schwärmte von der Zeit im Wellness-Hotel.

„Es war herrlich", sagte sie. „Sauna, Spa, Massage, Fitness-Studio. Und weißt du was!? Es ist auch ein Sport-Hotel. In einer Gruppe habe ich mit Tennis angefangen. Es macht Spaß. Ich werde hier in Bad Breisig in den Verein gehen."

„Tennis?" fragte ich verblüfft. „Du bist doch schon 66. Tennis fängt man mit fünf Jahren an. Sonst wird das nichts mehr. Denk an die Steffi! Wimbledon wirst du nicht mehr schaffen."

„Ach was, du Miesepeter! Es kommt auf die Bewegung an. Der Trainer hat gesagt, die sei bei mir ganz natürlich. Selbstverständlich will ich nicht nach Wimbledon."

„Natürliche Bewegung!" dachte ich. „Wo kommt die denn auf einmal her?"

Paulo hatte bei dem Grillabend nach dem gewiss fünften Wodka, als wir noch einmal kurz über Gerda sprachen, zu Giovanna die spitze Bemerkung losgelassen: „Sie macht seinem Peripicho keine Freude mehr."

Nach der Übersetzung des Ausdrucks fragte ich nicht. Das konnte ich mir denken.

Dann kam, was ich befürchtet hatte. „Gerda fragte: „Warum hast du die

Schlafzimmertür zugemacht?" Sie wartete die Antwort nicht ab, ging in die Küche.

„Wo ist der Napf? Das Wasser?"

„Im Schlafzimmer, neben der Klappe. Hugo, wenn er mich gesehen hat, hat nur gefaucht und wollte mir das Gesicht zerkratzen. Ich habe meine Matratze ins Arbeitszimmer gebracht, dort geschlafen."

Sie eilte ins Schlafzimmer. „Wo ist Hugo?" fragte sie.

„Der ist wieder auf Streife gegangen."

„Was hast du mit ihm gemacht?"

„Nichts. Der ist durch die Klappe raus."

„Warum ist der Napf noch voll? Wann hast du ihn zum letzten Mal gesehen?"

„Vor drei Tagen."

„Danach nicht mehr?"

„Nein. Er amüsiert sich draußen. Er ist einfach abgehauen. Ich kann nichts dafür."

„Der haut nicht ohne Grund ab. Hast du dich mit deinem Nachbarn wieder dem Wodka hingegeben? Katzen sind empfindlich gegen Fahnen. Was hast du bloß angestellt, während ich nicht da war?"

„Ich bin unschuldig", antwortete ich. „Hugo ist weg, weil er dich sucht. Du hättest ihn mitnehmen sollen."

„Kann man dich nicht drei Tage alleine lassen, ohne das was passiert!? Du Idiot! Ich geh ihn jetzt suchen."

Ein paar Tränen liefen ihr über die Wangen. „Hoffentlich kippt sie nicht um!" dachte ich. Aber sie war zu wütend, stürzte aus der Wohnung. Vom Balkon aus sah ich sie die Parkstraße entlang laufen und hörte, wie sie nach Hugo rief.

22

Nach einer Stunde kam Gerda zurück. Ohne Hugo. Sie sprach nicht mit mir, hielt mich für schuldig an seinem Verschwinden. Ich versuchte sie zu trösten, ihr Hoffnung zu machen:

„Dein Kater kommt bestimmt zurück, wenn er dein Auto sieht. Das kennt er ja."

„Dein Kater, dein Kater! Da sieht man, wie du dich von ihm distanzierst. Er ist nicht nur mein Kater, auch deiner. Glaubst du, er merkt deine Abneigung nicht? Am besten schläfst du weiter auf deiner Matratze."

Sie verschwand in ihrem Arbeitszimmer. Ich hörte, wie sie telefonierte, blieb einen Moment im Flur stehen. Sie hatte das Handy auf ‚leise' gestellt. Ich vernahm nur, wie sie sagte: „Ja, Sigi, war schön. Dann treffen wir uns demnächst in Bad Breisig."

Ich verspürte Unruhe und Eifersucht. Mit wem sprach sie? Mit wem wollte sie sich treffen? Ich wollte nicht weiter lauschen, ging auf den Balkon, zündete mir eine Zigarette an, hatte große Lust, eine Flasche Frankenwein zu öffnen, sah mich dadurch aber weiteren Vorwürfen ausgesetzt, falls sie überhaupt mit mir sprach.

Ich erinnerte mich daran, wie Paulo mir einmal von einem Überlebenstraining im Dschungel des Amazonas erzählt hatte.

„Musst du auch einmal versuchen. Nur eine Nacht alleine hier im Wald. Wetten, dass du das nicht aushältst!"

Die Vorstellung, alleine im Wald zu übernachten, war mir unheimlich. Aber nur ein paar hundert Meter von unserer Wohnung entfernt gab es einen Unterstand für Wanderer, die Fichtelhütte. Die lag am Waldrand. Man sah auf Bad Breisig hinunter, auf den Turm der Marienkirche, auf den Rhein. Eine große Wiese führte hangabwärts.

Gerda telefonierte noch immer. Ich wollte sie nicht stören, ging in mein Arbeitszimmer, schrieb einen Zettel, den ich auf den Couchtisch im Wohnzimmer legte.

„Mache eine Nachtwanderung, um Hugo zu suchen. Bin morgenfrüh wieder da."

Ich ging ins Schlafzimmer, holte mir eine Decke aus dem Schrank. Leise zog ich die Wohnungstür zu, versorgte mich im Keller mit einer Flasche Frankenwein. In der Dunkelheit begab ich mich auf den Weg zur Fichtelhütte, setzte mich dort drinnen auf eine Bank, öffnete den Schraubverschluss, gab mich dem Vino hin. Tausend Gedanken schwirrten mir durch den Kopf. In was für eine Situation war ich geraten? Wie konnte ich Gerda besänftigen? Wollte ich das überhaupt? Auf den Umgang mit Paulo verzichten? Nein! Und jetzt kam anscheinend noch die Komplikation mit einer Affäre aus dem Wellness-Hotel dazu. Gegen Mitternacht schlief ich ein.

23

Irgendwann in der Nacht wurde ich wach, fror. Die Decke war zu dünn, die Bank, auf der ich lag, zu hart. Ich setzte mich, zündete mir eine Zigarette an, grübelte. Eigentlich hatte ich mich auf Gerdas Rückkehr gefreut, hätte sie gerne in den Arm genommen. Aber wegen Hugo war das unmöglich gewesen. Ich hatte auch überlegt, mit ihr wegzufahren oder wegzufliegen. Aber wohin? Das einzige Land, wo man ohne PCR-Test und Maskenpflicht hinkonnte, war Nordmazedonien. Da gingen von Dortmund mit Wizz-Air Flüge an den Ohrid-See. Die Preise für Flug, Unterkunft, Futter und Getränke waren erstaunlich tief, weil Nordmazedonien den Tourismus ankurbeln wollte und den Rest von Europa für bescheuert hielt. Gerda hätte wohl lieber nach Kreta gewollt. Aber sollte ich dort mit einer Maske am Strand rumlaufen? Das war mir zu absurd. Gerda hätte sich diesen Regularien unterworfen. Ich aber nicht.

In dem fahlen Licht, das über der Hangwiese lag, nahm ich auf einmal Schatten wahr und erkannte eine Rotte von Wildschweinen, die begannen das Gras umzupflügen. Bachen mit Frischlingen waren dabei. Ich wusste, wie gefährlich das werden konnte. Wittert eine Bache Gefahr, wird sie angriffslustig. Ich hoffte, dass der Wind von der Hütte nach Norden wehte und sie mich nicht bemerkten. Von der Bank hätte ich auf die Balustrade klettern können. Aber ob die hoch genug war? Einen Klimmzug von der Balustrade auf das Dach der Hütte hätte ich nicht mehr geschafft. Dazu war ich zu schwach, hatte nie Sport betrieben, hätte den eigenen Körper nicht hochziehen können.

Ich drückte die Zigarette aus, verhielt mich still, während die Wildschweine weiter den Hang umpflügten. Ich wäre lieber bei Gerda geblieben, statt hier auf der Bank zu sitzen und mich Wildschweinen gegenüber zu sehen. Eine ganze Stunde saß ich still wie eine Statue in der Fichtelhütte. Dann endlich verzog sich die Rotte wieder in den Wald.

Ich rollte die Decke zusammen, klemmte sie unter den Arm, machte mich auf den Heimweg. Es war vier Uhr. Die Decke ließ ich im Keller. Was hätte ich sagen sollen, wenn mich Gerda damit sah?

Offiziell war ich ja unterwegs gewesen, um Hugo zu suchen.

Als ich ins Wohnzimmer kam, saß sie auf der Couch, hatte den Fernseher eingeschaltet, studierte den Teletext. Lauterbach, der Gesundheitsexperte der SPD, warnte vor der vierten Welle.

„Wo warst du? Hast du Hugo gefunden?" empfing sie mich.

„Keine Spur", antwortete ich. „Bin im Wald nur Wildschweinen begegnet."

Sie fing an zu heulen, war aber gefasst genug, mir vorzuwerfen, ich hätte Hugo den Katzenfängern ausgeliefert.

„Ach was! Der hat sich irgendwo eine neue Heimat gesucht. Es geht ihm gut. Wir sind hier in Deutschland und nicht in China", antwortete ich. „Hier landen keine Katzen im Kochtopf."

„Du bist herzlos!"

„Ja, mag sein. Auf jeden Fall aber bin ich ratlos, wie das alles weitergehen soll."

24

Das Schweigen einer Frau kann ohrenbetäubend sein. Hugo blieb weg und Gerda sprach nicht mehr mit mir. Ich verstand nicht, warum sie wegen einer Katze so ein Theater machte, fühlte mich unschuldig. Ich ging weiter zu Paulo, spielte mit ihm Schach, blieb länger, nahm auch an seiner Wodka-Session teil, zog mich nach meiner Heimkehr in mein Zimmer zurück, hatte dort jedoch nichts zu tun, außer mich mit dem Mephisto herumzuschlagen. Und dann kam jener Tag im Juni, an dem Paulo zu mir sagte:

„Last day of Rock ‚n' Roll!"

Er hatte sich wie immer zum Schachspiel einen Wodka genehmigt. Als ich ihn fragend ansah, weil ich die Bemerkung nicht verstand, erklärte er:

„Das Furchtbare ist, dass man sich nie genügend betrinken kann. Das ist ein Satz aus dem Tagebuch von André Gide. Le terrible, c'est qu'on ne peut jamais se griser suffisamment. Ich werde einen kleinen Ramadan machen. Heute gibt es vorerst den letzten Wodka. Last day of Rock ‚n' Roll. Für einen Monat kein Rauchen, kein Trinken, Essen nur nach Sonnenuntergang. Weißt du, morgen werde ich siebzig. Diese Sieben vor der Jahreszahl erschreckt mich, macht mich nachdenklich. Ich habe diese Übung schon öfter gemacht. Fasse ich den Entschluss dazu, werde ich melancholisch, als ginge mir die Schönheit der Welt verloren. Der erste Tag der Enthaltsamkeit fällt schwer. Aber dann stellt sich mehr und mehr eine wunderbare Gelassenheit ein. Das ist die Belohnung für das Fasten."

„Ramadan?" fragte ich. „Du stehst dem Islam nahe?"

„Nein. Ich weiß gar nicht, ob ich religiös bin. Auf dem Papier katholisch, gehe aber nur in die Kirche, wenn sie still und leer ist. Das Seltsame ist, nach fünf Tagen der Enthaltsamkeit werde ich gottgläubig. Dann sitze ich schon um Fünf draußen auf dem Balkon, höre dem Gesang der Vögel zu, die in der Morgendämmerung die Sonne und das Licht begrüßen. Der Islam ist mir wegen des Ramadan sympathisch. Genauso sympathisch ist mir auch der Buddhismus. Einmal war ich sogar für ein paar Wochen als Mönch in Thailand im Kloster. Die Tage vor dieser Zeit hatte ich heftig getrunken, war mit dem Motorrad auf Tour. Der Abend vor dem Eintritt ins Kloster ist für mich unvergesslich. Ich bin zu einer Strandbar gefahren, habe Singhabier und Mekhongwhisky getrunken, den Sonnenuntergang beobachtet, natürlich auch die attraktiven Thaifrauen und der romantischen Musik aus der Box gelauscht. Ja, ja, es war so. Eine Welle der Melancholie überfiel mich, als würde ich die Schönheit der Welt verlieren. Das ist wohl so, wenn man den Entschluss der Entsagung fasst. Schon damals sagte ich mit einer gewissen Trauer ‚Last day of Rock ‚n' Roll'. Keinen Alkohol mehr, keinen Tabak, kein Marihuana."

„Und?" fragte ich. „Wie war diese Zeit?"

„Schön. Es waren ja nur vier Wochen. Die Belohnung ist die innere Ruhe, die Gelassenheit."

„Und danach?"

„Wie vorher. Da habe ich mich wieder am Genuss erfreut. Nicht nur am Trinken und Rauchen. Na ja, ich muss das hier nicht weiter erklären. Diese Fastenzeit ist eigentlich mehr eine philosophische Übung. Ich denke nach über die Vergänglichkeit, über das Verlöschen des menschlichen Lebens, über den Eintritt in die ewige Dunkelheit. Ist das wirklich so, dass mit dem Tod alles aufhört? Ich weiß es nicht. Es könnte auch ganz anders sein. Es sind diese eschatologischen Fragen, über die ich meditiere. Rational, mit dem Verstand lösbar sind sie nicht."

„Müsste ich auch mal versuchen", meinte ich.

Paulo schüttelte den Kopf. „Nein", sagte er, „sei mir bitte nicht böse. Bei dir habe ich den Eindruck, dass du noch gar nicht richtig gelebt hast. Bevor du sagst ‚Last Day of Rock ‚n' Roll' müsste erst der ‚First Day of Rock 'n' Roll' kommen."

25

Paulos nachdenkliche Seite hatte mich überrascht. Ich hatte in ihm eher den lockeren Lebemann vermutet. Mir dagegen musste ich eingestehen, dass ich philosophischen oder meinetwegen religiösen Fragen stets aus dem Weg gegangen bin. So wie das eben in einer an Unterhaltung und Konsum orientierten Welt üblich war. Insbesondere die Frage nach der Vergänglichkeit, dem Tod hatte ich verdrängt, ausgeklammert. Ich hatte mir bisher keine Gedanken darüber gemacht. Aber da man die Zeit nicht anhalten kann, läuft man unweigerlich auf dieses Ereignis zu. Paulos Bemerkung, ich hätte noch nicht richtig gelebt, hatte mich zunächst verstimmt, aber ich musste ihm recht geben.

Schach ist ein eher schweigsames Spiel. Aber manchmal hatte Paulo auch erzählt. Von seinen Reisen um die Welt. Als gut bezahlter Werbefotograf hatte er sich die schönsten Orte aussuchen können. Er schwärmte von den Sternen in der Sahara, dem hellen Licht und den Stränden der Südsee, der Romantik der Karibik, der Lebensfreude und Schönheit Brasiliens. Es gab kaum einen Ort auf dem Globus, den er noch nicht gesehen hatte.

Ich ging weiter jeden Vormittag zu ihm, um ein paar Partien zu spielen. Schach gehörte nicht zu den Entsagungen, die er sich auferlegt hatte. Mein Training mit dem Mephisto begann Früchte zu tragen. Hin und wieder gewann ich jetzt ein Spiel und begann auch offener über die missliche Lage bei mir zu Hause zu reden.

„Dachte ich mir schon", meinte er. „Ab und zu erschien deine Frau kurz auf dem Balkon, wenn ich mit ein paar Dosen Bier oder einer Flasche Wodka draußen saß. Ihr Blick war wie ein vergifteter Pfeil. Mir ist auch klar, dass es mit einer Einladung zu einem Grillabend nichts wird. Du brauchst dich da nicht um eine Entschuldigung zu bemühen. Wenn bei euch der Segen schief hängt, seid ihr wahrscheinlich beide schuld."

„Beide?" warf ich ein. „Sie fährt alleine in ein Wellnesshotel, vergnügt sich dort, macht mir bei der Rückkehr die Hölle heiß, weil ihr verdammter Kater abgehauen ist. Außerdem hat sie an der Mosel eine Affäre angefangen. Mit wem weiß ich noch nicht. Sie beginnt auf einmal Tennis zu spielen, hat sich hier im Verein angemeldet, fragt mich aber nicht, ob sie das mit mir zusammen machen kann. Ich habe sie darauf angesprochen. Sie hat nur gemeint: ,Wozu denn? Ich kenne dich nur als faul und bequem. Beim Tennis muss man laufen.' Damit war das für sie erledigt. Der wahre Grund wird sein, dass sie auf dem Tennisplatz ihren Liebhaber trifft. Aber das finde ich noch heraus."

„Lass es!" sagte Paulo. „Mach dich damit nicht verrückt. Kann ja sein, dass du für sie einfach zu langweilig geworden bist. Das ist der größte Fehler, den man bei Frauen machen kann. Überrasche sie doch mit etwas, das sie nie vermutet hätte."

„Habe ich doch schon. Statt nur ein Glas Frankenwein am Abend genehmige ich mir eine ganze Flasche."

Paulo lachte. „Damit wirst du ihr nicht imponieren. Wie wäre es denn, wenn du selber Tennisspielen lernst und überraschst sie dann mit einer Herausforderung zu einem Match gegen sie oder vielleicht auch zu einem Mixed-Double. Du und Giovanna gegen sie und ihren Lover."

„Giovanna?" fragte ich überrascht.

„Oh ja! Sie hat, bis sie 28 war, in Rio im Verein gespielt. Wäre nicht eine Verletzung gekommen, hätte sie sogar den Sprung in das brasilianische FedCup-Team geschafft. Jetzt hat sie allerdings lange nicht mehr gespielt. Aber das verlernt man ja nicht."

„Wie soll das gehen?" meinte ich. „Ich kann mich doch nicht in Bad Breisig anmelden und zusehen, wie meine Frau mit ihrem Liebhaber auf dem Platz herumturnt."

„Such dir einen anderen Verein in der Nähe. Andernach, Sinzig oder Brohl."

„Gerda merkt das, wenn ich mit Tennissachen aus dem Haus gehe."

„Ach was! Die Sachen lässt du hier. Wir müssen nicht immer Schach spielen. Statt dessen fährst du auf den Tennisplatz."

„Mit Gerdas Auto?"

„Nein, so doch nicht!"

Er rief Giovanna. Sie kam. „Hättest du Lust, unserem Freund Tennis beizubringen?"

Sie legte erstaunt die Stirn in Falten. „Wie kommst du darauf?"

Paulo erzählte ihr unverblümt die ganze Geschichte.

Giovanna schüttelte erstaunt den Kopf, lachte. „Na, so was! Was heckt ihr da aus? Wo sollen wir denn spielen?"

„Peter wird sich einen Verein suchen. Natürlich nicht in Bad Breisig. Zwei- oder dreimal die Woche fahrt ihr hin und spielt."

„Eigentlich wollte ich nicht mehr spielen. Das reißt alte Wunden auf. Da wird die Enttäuschung von früher wieder wach. Ich werde es mir überlegen."

Als Giovanna gegangen war, sagte Paulo: „Sie wird das machen. Dazu hat sie früher viel zu gerne gespielt. Suche dir schon mal einen Verein aus."

Zu Hause in meinem Arbeitszimmer fuhr ich den Computer hoch, studierte die Webseiten der naheliegenden Tennis-vereine, entschied mich für Brohl-Lützing, wo es oben auf dem Berg in einsamer Natur vier Tennisplätze gab. Ich meldete mich online an, bezahlte den Jahresbeitrag, 95 Euro, fuhr ein paar Tage später mit Giovanna, die ihre Bedenken fallen gelassen hatte und einverstanden war, mich zu trainieren, zum Schatzmeister des Vereins und ließ mir einen Schlüssel für das Gelände geben. Ich meldete auch Giovanna an, bezahlte ihren Beitrag. Von Brohl-Lützing aus machten wir einen Umweg über Mülheim-Kärlich, statteten uns bei Intersport mit all den Dingen aus, die man für Tennis braucht. Schläger, Schuhe, Bälle, Kleidung. Giovanna probierte ihre Sachen in der Umkleidekabine an. Leggins und Rock von ‚Ellesse' in Schwarz. Als sie aus der Kabine mit einem Stirnband dazu erschien, sah sie hinreißend aus. Vor vier Tagen hatte Paulo zu mir gesagt: „Last day of Rock ‚n' Roll!"

„First day of Rock ‚n' Roll", dachte ich, als sich Giovanna in ihrem neuen Outfit lächelnd vor mir drehte.

26

Zur gleichen Zeit, als ich den Entschluss fasste, Tennis zu spielen, lief in Paris das Grand Slam Turnier ‚Roland Garros'. Ich saß öfter im Wohnzimmer, sah mir auf Eurosport die Spiele an. Mir war klar, dass ich niemals auch nur annähernd das Niveau eines Nadal oder Djokovic erreichen würde und niemals auch nur annähernd das der Damen. Aber allein das Zuschauen machte mir schon Spaß. Vor allem auch, weil die Tennisspielerinnen hübsch und sexy waren. Herrlich, wenn beim Aufschlag das Röckchen flatterte. Auch lernte ich, wie man bei einem Match zählte und kannte mich bald mit den Regeln aus.

Gerda wunderte sich. „Seit wann guckst du Tennis?"

„Ich möchte es verstehen und lernen."

„Aber doch nicht, indem du vor der Kiste sitzt."

„Doch, bei mir funktioniert das", entgegnete ich frech. „Ich sehe mir genau an, wie sie den Schläger halten und den Ball schlagen."

Sie schüttelte den Kopf und meinte: „Dir hat der Wodka schon den Kopf vernebelt. Tennis lernt man nicht vom Zuschauen."

Immerhin sprach sie wieder mit mir. Sie erzählte mir auch, dass sie nun dreimal in der Woche unten in Bad Breisig spielen würde. Zweimal mit einer neuen Freundin, die sie im Wellness-Hotel kennengelernt hatte. Einmal in der Woche mit dem Trainer, der die Sportgruppe geleitet hatte.

„Der kommt von der Mosel extra nach Bad Breisig?" fragte ich.

„Er wohnt in Koblenz. Das ist nicht weit. Das ist auch kein ‚Der'. Er heißt Sigibert."

„Du bezahlst ihn?"

„Das musst du mir überlassen, was ich mache."

„Ach so! Wie alt ist er denn?"

„Wenn du Hugo gefunden hast, erzähle ich dir das."

„Verstehe! Dir ist Hugo wichtiger als ich."

„Du verstehst gar nichts. Wenn du täglich nach nebenan verschwindest, darf ich doch wohl dreimal die Woche Tennis spielen. Und glaube bloß nicht, dass ich nach dem Spiel sofort zurückkomme. Tennis ist auch etwas Geselliges. Da packt man nicht nach dem Match den Schläger ein und eilt nach Hause."

Das war eine deutliche Ansage. Doch, ich war eifersüchtig. Aber die Aussicht, mit Giovanna zu spielen, milderte dieses nagende Gefühl etwas. Auch die Genugtuung kommender Rache half dabei. Ich hatte nicht vor, mit Giovanna etwas anderes als Tennisspielen anzufangen, würde auch nicht den leisesten Versuch unternehmen. Paulo war mein Freund. Seine Frau war für mich tabu. Aber ich mochte ihre Gesellschaft, hatte ja schon gesagt, dass ich mich bei ihr wohlfühlte, als säße ich in einer warmen Badewanne.

Dass Gerda dreimal die Woche weg war, spielte mir in die Karten. Ich würde zur gleichen Zeit mit Giovanna oben in Brohl-Lützing sein. Gerda würde nichts davon mitbekommen. Und genau so kam es auch. Spielte sie mit ihrer neuen Freundin aus Andernach, blieb sie drei Stunden weg. Bei diesem Sigibert waren es fünf. Das war immer donnerstags.

27

Kaum hatte Gerda ihre Tennissachen gepackt und ihr Wagen war außer Sichtweite, ging ich nach nebenan und fuhr mit Giovanna zu den Tennisplätzen in Brohl-Lützing. Dort oben auf dem Berg hatte man eine wunderbare Aussicht, einen Panoramablick auf leuchtend gelbe Rapsfelder, auf die Burg Olbrück, auf Wiesen und Wälder, sah hinein bis weit in die Eifel. Ich schloss das Tor zur Anlage auf. Wir verschwanden zunächst in den Umkleidekabinen, zogen uns um, dann ging es auf einen der vier Plätze. Fast immer waren wir morgens allein. Der Verein hatte nur wenige aktive Mitglieder. Diejenigen, die noch spielten, kamen erst am Nachmittag nach der Arbeit.

Gerda hatte völlig recht. Tennis lernt man nicht durch Zuschauen. Giovanna zeigte mir, wie man den Schläger hält bei Vor- und Rückhand, erläuterte das Schwingen des Schlägerkopfes, die Stellung zum Ball. Sie warf mir die ersten Bälle zu. Die Filzkugeln landeten im Netz oder auf den Nachbarplätzen.

„Das ist am Anfang normal", tröstete sie mich. „Hau nicht drauf! Es geht nicht um Muskelkraft, sondern um Technik."

Am Ende der ersten Stunde landeten endlich mehr Bälle dort, wo ich sie hinhaben wollte. Von den rasanten Schlägen eines Nadal war ich natürlich Lichtjahre entfernt. Aber das Spielen machte Spaß.

Giovanna meinte: „Du hast ein gutes Ballgefühl. An der Beweglichkeit müssen wir allerdings arbeiten. Du bleibst noch zu oft stehen und guckst meinen Bällen einfach nur zu."

Als wir uns wieder umgezogen hatten, setzten wir uns auf eine Bank in der Anlage. Giovanna hatte zwei Dosen Bier mitgebracht. „Das ist die Belohnung", sagte sie. „Wenn wir dreimal die Woche trainieren, bist du vielleicht schon nach einem Monat bereit für unser Doppel. Demnächst werden wir auch den Aufschlag üben und unsere ersten Spiele um Punkte machen."

Diese Spiele gegen Giovanna verlor ich natürlich haushoch. 6:0, 6:0 hieß es in der Regel nach zwei Sätzen. Nur manchmal, wenn sie gnädig war, überließ sie mir ein paar Punkte.

„Wo hast du eigentlich in der Weltrangliste gestanden vor deiner Verletzung?"

„172. Das klingt nicht besonders, aber du musst bedenken, dass Millionen Frauen auf der Welt Tennis spielen."

„Schön!" meinte ich. „Dann habe ich also die beste Trainerin, die man haben kann."

Gerda bekam nichts mit von meiner heimlichen Tätigkeit. Nur einmal, das war nach drei Wochen, sah sie mich prüfend an. „Dein Bäuchlein ist weg. Du bist schlanker geworden. Wie kommt das?"

„Das macht die Suche nach Hugo", antwortete ich.

28

Die Corona-Situation hatte sich inzwischen etwas entspannt, aber die Gängelei, das Angstmachen, der Irrsinn waren noch allgegenwärtig. So herrschte zum Beispiel in der Altstadt von Düsseldorf ein strenges Verweilverbot. Die Bürger durften nicht stehen, sondern mussten sich ständig bewegen. Auf Rügen, bei einer Inzidenz von nur eins, also einer Infektion in sieben Tagen bei 100 000 Menschen, wurde man zu Testorgien in Hotels und Pensionen angehalten. Auch beim Tennisturnier in Paris sah man absurde Szenen. Bei der so genannten Nightsession mussten die Zuschauer, die den ganzen Tag mit Masken auf den Tribünen gesessen und hohe Preise bezahlt hatten, abends um Viertel vor Elf ihre

Plätze verlassen, obwohl weiter gespielt wurde. Sperrstunde. Besonders ärgerlich war das, als das Viertelfinale Djokovic gegen Berrettini auf dem Höhepunkt der Spannung war. Die Leute murrten zwar, aber was sollten sie gegen die Gewalt des Staates machen? Hohe Strafen drohten. Ich hätte mir gewünscht, dass sie sitzen bleiben würden, doch wäre es mir nicht besser gegangen, hatte ich doch schon bei Gerda in meinem Harmoniebedürfnis den Schwanz eingekniffen. Jetzt allerdings nicht mehr. Sie hatte in der Drogerie Rossmann ein paar Päckchen mit Selbsttests gekauft, wünschte, dass ich mir für eine Abstrichprobe mit einem Tupfer täglich in der Nase bohren sollte. Ich weigerte mich, las die Gebrauchsanweisung.

„Was soll das?" fragte ich. „Da steht: ‚Ein negatives Ergebnis schließt eine virale Infektion mit SARS-CoV-2 nicht aus.' Der Test hat also eine gewisse Fehlerquote. Wahrscheinlich zeigt er manchmal auch ein positives Resultat, obwohl man sich nicht infiziert hat. Dann macht man sich vor Sorge nur verrückt und wird tatsächlich krank. Ich mache diesen Blödsinn nicht mit. Kein Wunder, wenn da solche Infektionszahlen rauskommen. Je mehr IQ-Tests man in Deutschland machen würde, desto mehr Idioten würde man auch finden."

Da war sie beleidigt, warf mir vor, leichtsinnig zu sein. Dass ich inzwischen ohne Maske zu Paulo ging, hatte sie mitbekommen. Sie wollte mich auch zum Impfen drängen. Ich zitierte den brasilianischen Präsidenten Bolsonaro:

„'Es ist eine Schande, in das menschliche Immunsystem einzugreifen.' Außerdem macht es mich wütend, wenn durch die Hintertür ein Impfzwang eingeführt wird."

„Wie meinst du das?"

„Wenn das Impfen Grundrechte zurückgibt, zum Beispiel Reisefreiheit, dann ist das Zwang durch die Hintertür. Das ist mit dem Grundgesetz nicht vereinbar. Außerdem fehlt mir die sogenannte Digitalisierungskompetenz. Digitaler Impfpass! QR-Code! Sie zwingen einen, sich ein Smartphone mit der neuesten Technik zuzulegen. "

„Du hast doch eins und kennst dich damit aus."

„Ich hasse diese digitale Welt. Sie führt zur Entpersönlichung, ist Kontrolle, Manipulation."

„Neue Töne von dir? Dein versoffener Paulo? Du siehst das alles zu verbissen. Ich lasse mich auf jeden Fall impfen. Dann muss ich eben alleine verreisen."

Der Haussegen hing weiter schief. Jetzt gab es auch noch den Corona-Konflikt zwischen uns. Gerda war linientreu. Egal ob früher bei der CDU oder jetzt bei den Grünen. Es half auch nicht, dass ich ihr eine Reportage von ‚BILDplus', also der Online-Ausgabe der Bildzeitung zeigte: ‚Horror-Zahlen gefälscht. Der große Betrug mit den Intensivbetten'.

„Da steht", sagte ich, „dass die Bundesregierung seit Monaten davon wusste. Manipulierte Zahlen!"

Sie wollte davon nichts wissen. Sie sagte: „Du hast dieses Lügenblatt auch früher im Lehrerzimmer in der großen Pause ausgepackt und gelesen. Ich habe mich schon damals für dich geschämt."

Im Juli kam endlich der Tag der Herausforderung. Ich fühlte mich wie jener Will Kane im Film ‚Zwölf Uhr mittags'. Statt mit Pistolen würde das Duell mit Tennisschlägern stattfinden.

„Was macht dein Tennisspiel?" fragte ich Gerda. „Hast du Fortschritte gemacht?"

„Oh ja! Es macht Spaß. Ich übe zur Zeit mit Sigibert die beidhändige Rückhand."

„Was ist da zu üben? Ist ganz einfach. Ich habe das bei Roland Garros gesehen."

„Du spinnst mal wieder. Ich habe dir doch gesagt, dass man das nicht vom Zuschauen lernt."

„Ich kann es dir beweisen."

„Wie denn?"

„Ich fordere dich und Sigibert zu einem Doppel heraus."

„Doppel? Mit wem willst du spielen?"

„Mit Giovanna, Paulos Frau. Sie hat früher mal gespielt."

„Soll ich mich lächerlich machen? Du wirst keinen Ball treffen."

„Probier es aus! Die Wahrheit lernt man nur durch das Experiment."

„Du hast noch nicht mal Schläger und Schuhe."

„Kann man kaufen."

„Du wirst dich blamieren. Was hat dir nur so den Kopf verdreht? Dein Vorschlag ist eine Schnapsidee. Darfst du wörtlich nehmen."

Ich beharrte auf dem Duell, warf Gerda Feigheit vor, bis sie schließlich kopfschüttelnd einwilligte und sagte:

„Jeder ist seines Unglücks Schmied. Bitte, wenn du es nicht anders willst!"

Wir vereinbarten einen Donnerstagmorgen um zehn Uhr.

Nachdem sie in das Duell eingewilligt hatte, war ich sofort nach nebenan gegangen, um Paulo und Giovanna davon zu erzählen. Paulo hielt sich immer noch an seinen kleinen Ramadan, trank Kaffee statt Wodka.

„Ist das nicht etwas hinterhältig", meinte er, „die eigene Frau so in die Falle laufen zu lassen?"

„Sie hat es verdient. Du hast doch selbst so etwas vorgeschlagen. Natürlich werde ich sie nach dem Spiel aufklären. Das ist so wie bei der Sendung ‚Verstehen Sie Spaß?'"

‚Verstehen Sie Spaß?' Ganz so harmlos war meine Aktion anscheinend nicht. Paulo, der in der Phase seiner Enthaltsamkeit klar und ruhig im Kopf war, hatte noch prophezeit: „Du verschärfst den Konflikt nur. Versteht sie wirklich Spaß? Ist es von dir auch so gemeint? Ich bezweifle das."

Ich sprach mit ihm auch über Gerdas Einstellung zum Impfen, erzählte ihm, dass ich das Bolsonaro-Zitat eingesetzt hatte. Er lächelte: „Ich kann dir noch eins geben. Neulich hat unser Präsident gesagt: „'As pessoas vão virar jacaré.' Die Menschen werden Alligatoren. Er hat damit auf die gentechnischen Manipulationen beim Impfen gezielt. Ob seine Äußerung nur als Scherz gemeint war so wie das Zitat von Papa Franzisco, weiß ich nicht. Am besten behältst du das für dich. Sonst kommt deine Frau noch mehr in Rage und hält dich für völlig übergeschnappt."

Mit Giovanna war ich vor dem Duell noch einmal oben in Brohl-Lützing. Sie gab taktische Hinweise, sagte: „Wenn ich Aufschlag habe, stehst du am Netz. In

Höhe der T-Linie oder auch etwas davor. Spielen sie einen Lob über dich hinweg, bekomme ich den hinten an der Grundlinie. Du musst dich am Netz sofort auf die Seite bewegen, wo ich vorher war. Insgesamt muss das so laufen: Du hältst den Ball im Spiel, ich mache die Gewinnschläge. Es gibt allerdings eine große Unbekannte. Weißt du, wie der Trainer deiner Frau spielt? Hast du das mal gesehen?"

„Nein, eine Begegnung habe ich bisher vermieden."

„Weißt du, wie er auf den Vorschlag reagiert hat?"

„Ja. Gerda hat es mir erzählt. Er hat gelacht."

„Dann hoffen wir, dass er danach nicht mehr lacht. Aber es kann auch alles anders kommen. Sei mir nicht böse. Sie werden beim Doppel vor allem die schwächere Seite des Gegners anspielen. Das bist du. Aber als Kompliment: Du hast gute Fortschritte gemacht."

„Danke", antwortete ich. „Die Beiden haben ja auch eine schwächere Seite. Das ist Gerda. Das gleicht sich doch wieder aus. Das ist dann ein Duell du gegen ihren Trainer."

„Wie alt ist er?"

„Weiß ich nicht. Ich habe sie gefragt, hat sie mir aber nicht erzählt."

„Na ja, dann bin ich gespannt, was sich da zeigt. Vielleicht ein junger Wilder, der viel besser laufen und reagieren kann als ich. Du bist ein großes Risiko eingegangen."

„Kann ich nicht glauben. Ein Wald- und Wiesentrainer, der Hotelgruppen anleitet, wird gegen dich keine Chance haben."

„Überschätze mich bitte nicht. Ich habe lange nicht gespielt."

„Du warst Nummer 172 in der Weltrangliste. Gerdas Trainer taucht bestimmt erst auf einem sechsstelligen Rang auf."

„Bist du eigentlich nicht eifersüchtig?"

„Doch. Vor allem an den Donnerstagen, wenn sie so lange weg ist. Aber was soll ich machen? Ich kann ihn nicht, wie das früher üblich war, zu einem Duell mit Pistolen auffordern. Da nehme ich lieber den Tennisschläger."

„Ist das bei dir nicht zu viel Druck, zu viel Erwartung? Es sollte eigentlich nur ein Spiel sein."

„Du hast Bedenken?"

„Ja."

„Ich kann nicht zurück. Sie würde mich auslachen."

„Okay, dann spielen wir."

31

Der Donnerstag kam. Gerda verließ zuerst das Haus, fuhr mit ihrem SUV zu den Breisiger Tennisplätzen. Ein paar Minuten später folgten Giovanna und ich. Auf den Trainer meiner Frau war ich gespannt und zugleich nervös. Eine ungewöhnliche Begegnung, die ich mir selber herbeigezaubert hatte. Ich hatte in der Nacht schlecht geschlafen, war schon um halb fünf mit einer Tasse Kaffee auf dem Balkon, hörte dem Vogelgezwitscher in der Morgendämmerung zu. Das Frühstück danach mit Gerda war ziemlich schweigsam verlaufen. Nur einmal hatte sie gemeint:

„Da hast du dir was eingebrockt. Aber wenn du so uneinsichtig bist, kannst du es auch selber auslöffeln."

Ich hütete mich, große Töne zu spucken, verzichtete auf das Märchen, dass man Tennis vom Zuschauen lernen kann, gab mich bescheiden, wirkte eher nachdenklich, ja fast reumütig. Gerda merkte das und schlug vor:

„Du kannst noch von dem Spiel zurücktreten. Ich wäre dir nicht böse."

„Nein, nein", antwortete ich. „Jetzt ziehen wir das durch."

Wir trafen uns auf Platz eins der Anlage, begrüßten uns wegen Corona nur mit einer Berührung der Schläger. Sigibert war Gott sei Dank kein junger Wilder, sondern ein schon älterer Herr im Trainingsanzug. Er hatte einen weißen Haarkranz, den Ansatz eines Bäuchleins, war aber groß und schlank. Ich schätzte ihn auf Anfang sechzig.

„So, so", meinte er zu mir. „Sie sind also derjenige, der das Spielen vom Zuschauen gelernt hat."

Ich begnügte mich mit der Antwort: „Werden Sie sehen!"

Die Begrüßung zwischen Giovanna und Gerda fiel eher kühl aus. Der abschätzende Blick meiner Frau entging mir nicht. Mehr als einen „Guten Morgen!" brachte sie nicht heraus. Giovanna war etwas beredter, lächelte freundlich, sagte: „Nett, dass wir uns als Nachbarn endlich kennenlernen."

Die ersten Bälle wurden in Nähe des Netzes zum Einspielen geschlagen. Giovanna mit Gerda, ich mit ihrem Trainer. Meine Frau beobachtete mich. Ich sah, wie sie die Stirn runzelte, die Augen schmal wurden. Sigibert nickte anerkennend, schüttelte aber auch den Kopf.

„Wenn das stimmt, was Sie sagen, machen Sie mich arbeitslos. Sie müssen doch früher schon mal gespielt haben. Oder?"

Ich lächelte verlegen, legte den Zeigefinger auf die Lippen.

„Ach so!" meinte er. „Sie haben das verschwiegen."

Gerda hatte die Szene mitbekommen. „Da weiß ich nichts von", kommentierte sie. „Ich habe ihn noch nie spielen sehen. Der hat sich erst vor ein paar Tagen die ganze Ausrüstung gekauft. Verstehe ich auch nicht. Ein Naturtalent ist er nur im Ausruhen."

Dann begann der Ernst des Spiels. Ich war auf der Vorhand-, Giovanna auf der Rückhandseite. Sigibert machte den ersten Aufschlag. Der Ball kam nicht mit besonderer Geschwindigkeit, war aber angeschnitten. Ich hatte Mühe, ihn in einem hohen Bogen zu Gerda, die hinten an der Grundlinie stand, zurückzuspielen. Sie antwortete mit einem sanften Mondball auf Giovanna. Die hatte Zeit genug, sich zu positionieren und zu einem eleganten Schwung auszuholen. Der Ball flog flach und gepfeffert als Topspin zu Gerda, die ihm nur noch nachsehen konnte. 0:15. Wir hatten den ersten Punkt gemacht. Dann stand es 0:30, weil Giovanna dem Aufschlag mit einem trockenen Stop, der kurz hinters Netz fiel, begegnete. Dann kam 0:40. Ein glücklicher Longline-Ball auf Gerda war mir gelungen. Danach ein längeres Duell, das Giovanna mit ihrer beidhändigen, flachen Rückhand beendete. Wir hatten das erste Spiel gewonnen. Es stand 1:0 im Satz. So ähnlich ging es bei wechselnden Aufschlägen bis zum 6:0 weiter. Mir gelang es meistens, den Ball im Spiel zu halten. Giovanna produzierte die Gewinner. Sigibert schüttelte verwundert den Kopf. Gerda war angefressen.

„Es hat keinen Zweck", sagte sie zu Sigibert. „Hier stimmt etwas nicht. Die Beiden müssen heimlich trainiert haben. Peter hat mal wieder Märchen erzählt. Den zweiten Satz können wir uns schenken."

Zu Giovanna bemerkte sie: „Sie haben den Tennisschläger doch bestimmt schon mit fünf Jahren in der Hand gehabt."

„Stimmt", sagte ich. „Sie stand ganz oben in der Weltrangliste und hätte, wäre nicht eine Verletzung gekommen, für das brasilianische FedCup-Team gespielt. Ich habe bei ihr Trainingsstunden gehabt."

„Idiot!" schimpfte Gerda. „Was soll das!? Mich so anzulügen! Tennis vom Zuschauen!"

„Du wolltest ja nicht mit mir spielen. Es sollte eine Überraschung sein."

„Darüber reden wir noch. Komm Sigi, wir fahren in unser Café nach Koblenz!"

Sie rauschte ab. Sigibert war das Ganze peinlich. Er hob die Schultern, sagte: „Tut mir leid. Das hätten Sie so nicht arrangieren dürfen. Dieses Spiel hat mit Sport nichts zu tun. Das war eine bewusste Irreführung."

Er drehte sich um und folgte Gerda.

„Da hast du den Salat", meinte Giovanna. „War doch nicht so gut, wie du dir das vorgestellt hattest. Von wegen ‚Verstehen Sie Spaß'!"

„Halb so schlimm", antwortete ich. „Die beruhigt sich wieder. Wenn nicht, kann ich es nicht ändern. Dann ist unsere Ehe endgültig zerrüttet."

32

Mit Gerdas humorloser Reaktion hatte ich nicht gerechnet. Sie hätte sich freuen können, sagen: „Wie schön! Jetzt kann ich auch mit dir spielen." Ich hatte mir den umgekehrten Fall vorgestellt. Ich wäre der Überraschte. Gerda hatte, was Schach betraf, abgelehnt, es zu lernen. „Das ist nichts für mich", hatte sie gemeint. So musste ich mich bis zur Bekanntschaft mit Paulo immer alleine mit dem ‚Mephisto' herumschlagen. Mit einer seelenlosen Maschine. Meine Frau hätte auf die Idee kommen können, es heimlich in ihrem Arbeitszimmer zu lernen. Es gab ja Kurse im Internet. Es gab Bücher. Dann wäre der Tag gekommen, an dem sie gesagt hätte:

„Peter, baue die Figuren auf! Ich habe im Kurpark gesehen, wie man spielt. Ist ganz einfach."

Ich hätte mich gewundert, geantwortet:

„Wie, nur vom Zuschauen kannst du das!? Glaube ich nicht. Aber bitte, tritt an!"

Und dann verlor ich zu meiner Überraschung die Partie, wurde mattgesetzt. Hätte ich Theater gemacht, wenn sie mir gestanden hätte, es heimlich gelernt zu haben? Nein! Ich hätte mich gefreut, gesagt:

„Wie schön! Jetzt habe ich endlich eine Partnerin."

Aber Gerda hatte das verlorene Tennis-Match als Blamage empfunden, war empört abgerauscht. Auch ihr Sigibert hatte sich humorlos gezeigt, die Überraschung als Irreführung bezeichnet. Hätte er mir nicht zuzwinkern können und sagen: „Das haben Sie toll gemacht. Gratulation! So etwas habe ich noch nie erlebt."

Jetzt sah ich einer Diskussion mit Gerda entgegen. „Darüber reden wir noch." Das hörte sich nach Vorwürfen an, klang wie eine Drohung. Als sie am Nachmittag noch nicht zurück war, wurde ich unruhig, holte mir aus dem Keller eine Flasche Frankenwein, setzte mich damit auf den Balkon, sah auf die Straße, wartete auf den weißen SUV. Aber der kam nicht. Nicht am Abend und auch nicht in der Nacht. Ich zweifelte an Gerdas Spruch. „Er ist nur mein Trainer. Nach dem Spiel gehen wir in ein Café und unterhalten uns noch. Sonst nichts."

Eine Geschichte, die sich vor zwei Wochen ereignet und die ich gutgläubig angehört hatte, fiel mir ein. Es war ein warmer Tag gewesen, ein Donnerstag. Gerda war am Nachmittag zurückgekommen, ich anschließend mit ihrem Wagen zum Einkaufen gefahren. Auf der Fußmatte vor dem Beifahrersitz lag eine leere Folie, aus der Tabletten herausgedrückt waren. Blisterverpackung nennt man so etwas. Für tuttelige Senioren gibt es sogar eine Ausdrückhilfe, mit der man die eingeschweißten Tabletten in eine Auffangschublade befördert. Das Ding sieht so ähnlich aus wie das Maschinchen, mit dem ich mir Zigaretten stopfe. Auf der Sichtverpackung konnte ich noch den Namen des Medikamentes lesen. ,Sildenafil'. Ich steckte die leere Packung in meine Hosentasche, fuhr später in meinem Arbeitszimmer den Computer hoch, las nach, wobei es sich darum handelte. Das war nichts anderes als eine etwas billigere Variante von Viagra.

Ich zeigte Gerda die leere Packung, sagte:

„Das habe ich im Auto auf der Fußmatte gefunden. Was ist das?"

Sie gab sich erstaunt. „Kenne ich nicht. Noch nie gesehen."

„Wie kommt das denn in das Auto?"

„Muss mir jemand hineingeworfen haben. Der Wagen stand mit offenem Fenster am Tennisplatz."

„Ja", meinte ich. „Es gibt solche Scherzbolde."

Ich zweifelte zwar noch eine Weile an dieser Erklärung, habe sie dann aber geglaubt. Mit Gerdas Lust lief ja seit langem nichts mehr.

Jetzt sah ich die Geschichte in einem anderen Licht. Ich wünschte dem Sigibert all die Nebenwirkungen an den Hals, die bei diesem Medikament aufgeführt waren. Von der Bindehautentzündung bis zur Dauererektion und Tachykardie.

33

Meine Freude, meine Genugtuung über den Sieg beim Tennis war verflogen. Die ganze Nacht hatte ich auf der Matratze im Arbeitszimmer wach gelegen, gegrübelt, war schon um Sieben aufgestanden, bekämpfte die Versuchung, mich dem Frankenwein hinzugeben. Mit einer Kanne Kaffee setzte ich mich schließlich auf den Balkon. Der weiße SUV war immer noch nicht da. Stattdessen erschien nach einiger Zeit Paulo. Er hatte eine Tasse in der Hand, sah mich, winkte mir zu und rief:

„Ist ja gut gelaufen. Ihr habt gewonnen."

„Von wegen gut gelaufen!" rief ich zurück. „Sie ist nicht nach Hause gekommen."

„Komm rüber! Dann kannst du mir das erzählen."

So war ich also schon am frühen Morgen bei Paulo. Er wirkte aufgeräumt, gut gelaunt.

„Der Ramadan ist noch nicht vorbei?" fragte ich.

„Doch. Bald. Eigentlich ist es ein schönes, waches Gefühl, wenn man keinen Wodka mehr säuft. So könnte ich weitermachen. Aber Giovanna meinte, ich sei dann zugeknöpft und distanziert. ‚Trink lieber wieder!' hat sie gesagt. ‚Dann gefällst du mir besser.' Werde ich auch machen. So, erzähl mal! Was ist passiert?"

„Gerda ist sauer. Nach dem Match ist sie mit ihrem Trainer abgerauscht und bis jetzt nicht wieder gekommen. Was soll ich tun?"

„Nada! Nichts! Auf keinen Fall Vorhaltungen machen. Dann genießt sie ihre Revanche. Das ist es ja wahrscheinlich. Sie wollte dir auch eins auswischen. Tu so, als würdest du ihr diese Nacht wohlwollend gönnen."

„Dann ist sie noch mehr sauer."

„Na und!? Ist doch ihre eigene Entscheidung, wie sie reagiert. Du darfst doch großzügig sein. Wenn ich das, was du mir bisher erzählt hast, richtig verstehe, ist euch die Liebe sowieso schon abhanden gekommen. Wo gibt es denn sowas!? Den Mann auf die Matratze im Arbeitszimmer schicken! Bloß weil die Katze laufen gegangen ist. Was hast du zu verlieren?"

„Leicht gesagt", antwortete ich. „Ich weiß gar nicht, was das für eine Mischung der Gefühle ist. Eifersucht, Angst, Wut."

„Du hängst noch an ihr?"

„Weiß ich auch nicht."

„Dann ist es bei dir nicht unbedingt die Angst vor dem Verlust, sondern die Angst vor der eigenen Veränderung."

„Ich soll also den Großzügigen, Verständnisvollen spielen?"

„Nicht spielen, werde es! Vielleicht kommt sie zur Einsicht oder es wird unerträglich schlimm. Fang mit dem ‚First day of Rock ‚n' Roll' an. Aber besauf dich nicht sinnlos! Dann landest du im Untergang. Der erste Schock für sie ist dir gestern gelungen. Mach weiter so! Bis sie denkt, der Typ ist gar nicht so schlecht. Auf keinen Fall ist er langweilig. Den will ich behalten. Du hast die Zügel zu lange schleifen lassen. Beruflich war sie deine Chefin. Zu Hause ist sie es geblieben. Wenn eine echte Partnerschaft nicht gelingt, dann verschaffe dir deine Unabhängigkeit. Behaupte deinen Wert, ohne überheblich zu werden. Falle also nicht in das Extrem flotter Sprüche. Etwa ‚Männer entdecken Amerika, Frauen die Küche.' Dann kriegst du das nicht nur von Feministinnen um die Ohren gehauen. Sei mit lockerer Selbstverständlichkeit du selbst."

34

Lockere Selbstverständlichkeit, Selbstbehauptung. Diese Begriffe hatten sich in meinem Kopf festgesetzt. Als ich gegen Zehn wieder bei mir zu Hause war, hatte ich keine Lust, weiter auf Gerda zu warten. Aber ich hatte kein Auto, um wegzufahren. Den SUV nahm meistens sie in Anspruch. Es war ja ihrer. „Dann kauf ich mir eben selber eins", dachte ich. „Auch wenn es ein altes gebrauchtes ist."

In Brohl kannte ich einen Russen, der eine kleine Werkstatt hat und auch Gebrauchtwagen verkauft. Ich hatte früher mein Auto zu Inspektionen und Reparaturen zu ihm gebracht und es mit dem Eintritt in den Ruhestand an ihn verkauft. Ich hatte ihn als sympathisch und zuverlässig kennengelernt. Der würde mich nicht mit einer Möhre, die nach hundert Kilometern ihren Geist aufgab, übers Ohr hauen.

Ich bestellte mir ein Taxi, ließ mich abholen und nach Brohl fahren. Auf dem Gelände vor der Werkstatt, die nahe am Bahnhof und den Zuggleisen lag, stand eine Reihe von Autos, die er zum Verkauf anbot. Ich entdeckte ein kirschrotes VW-Cabrio, einen Käfer, in den ich mich sofort verliebte. Am Cockpit vor dem Beifahrersitz steckte sogar noch die alte, schöne Blumenvase. Der Wagen sah gepflegt und blitzsauber aus. Die Daten las ich auf dem Plakat hinter der

Windschutzscheibe. Käfer 1303, Cabrio Roadster, Baujahr 1980, 50 PS, Boxermotor generalüberholt, TÜV 4/2023, Airbags, CD-Spieler, Lederlenkrad, Leichtmetallfelgen, Sommerreifen, Sportsitze. Ein Preis war nicht angegeben.

Ich ging in die Werkstatt. „Oh, auch mal wieder da!" begrüßte mich der Russe. „Ja", antwortete ich. „Ich brauche ein Auto. Was kostet das Cabrio?"

„Ah, der Oldtimer, der eigentlich keiner mehr ist. Fast alles neu. Unter 20 000 kann ich den nicht hergeben."

„Wow!" sagte ich. „An einen solchen Preis habe ich nicht gedacht. Aber der Wagen ist wunderschön."

„Wenn ich mich recht erinnere, waren Sie doch Lehrer und bekommen eine Pension. Mein Vertragspartner für Kredite ist die Santander-Bank. Machen Sie es doch so, wenn der Kontostand nicht reicht."

Ich konnte nicht anders. Ich ging darauf ein. 20 000 Euro. Die Formalitäten waren rasch erledigt. Ich unterschrieb den Vertrag. Die Kreditrate von 250 Euro monatlich und eine Gebühr für die abzuschließende Sterbeversicherung würde ich verkraften können. Da blieb noch genug zum Leben übrig. Gott sei Dank hatten Gerda und ich getrennte Kontos. Was ich mir da geleistet hatte, würde sie nicht merken. Aber wie ich ihr den Kauf erklären konnte, wusste ich noch nicht.

„In zwei Tagen können Sie den Wagen abholen", sagte der Russe. „Ich melde ihn für Sie auch auf dem Straßenverkehrsamt in Sinzig an."

Ich bestellte mir wieder ein Taxi und ließ mich nach Hause fahren. Gerda war noch nicht da.

35

Gegen Mittag kam sie. Ich saß auf dem Balkon, rauchte, hatte mein Smartphone in der Hand, studierte die neuesten Nachrichten im Internet.

„Boh", sagte ich, als sie auf den Balkon kam, „Forscher entdecken Rädertierchen nach 24 000 Jahren im Eis und erwecken es zum Leben. Die Welt ist voller Wunder."

„Willst du gar nicht wissen, wo ich war?"

„Ach so. Du warst weg? Wo denn?"

„Nach deiner schäbigen Nummer habe ich in Andernach bei meiner Tennisfreundin übernachtet."

„Ja, schön. So ein Frauenabend tut gut."

Sie sah mich verwundert an. „Das macht dir nichts aus, wenn ich mal eine Nacht wegbleibe?"

„Nein. Du hättest zwar anrufen können, aber ich dachte mir schon, dass du nach dem Tennismatch nicht mit mir sprechen wolltest. Ich habe mir übrigens heute Morgen einen Gebrauchtwagen gekauft."

„Bist du von Sinnen!? Wir haben doch ein Auto."

„Ja. Das ist deiner. Ich wollte ein eigenes."

„Auf was für einem Kurs bist du!?"

„Ich darf mir doch ein Auto kaufen. Warum nicht?"

Sie schüttelte den Kopf. „Mach, was du willst! Ich verstehe dich nicht mehr. Seit du mit diesem Paulo zusammenbist, hast du dich völlig verändert."

„Na und. Ist doch nicht verboten, Schach und Tennis zu spielen und sich ein Auto zu kaufen."

„Wahrscheinlich hast du wieder eine Fahne vom Wodka. Du bist ein Vollidiot geworden."

„Selbst wenn", antwortete ich. „Besser als dein Schoßhündchen."

Sie verschwand empört in ihrem Arbeitszimmer. Ich hörte, wie sie dort sprach, mit irgendjemandem telefonierte. Wahrscheinlich mit Sigibert.

War ich mit frechen Antworten zu weit gegangen? Nach Gehorsam und einer verkrampften Harmonie war mir auf jeden Fall nicht mehr zumute.

36

Gerda sprach nicht mehr mit mir. Ich schlief weiter auf der Matratze in meinem Arbeitszimmer. Eine ungute, belastende Atmosphäre lag in der Luft. Die eigenen Gedanken waren weit weg von einer Aussprache oder Versöhnung. An dem Tag, an dem ich das Auto abholen konnte, brachte mich Giovanna zu dem Russen. Stolz nahm ich den Wagenschlüssel und den Fahrzeugschein in Empfang. Den Fahrzeugbrief behielt allerdings die Bank.

„Klasse, Super", sagte Giovanna, als sie den Wagen sah. „Öffne das Verdeck, setz dich rein. Ich will mit dem Handy ein Foto machen. Du bist übrigens heute Abend bei uns eingeladen. Ich mache Empanadas Argentinas."

„Argentinisches Essen? Ich dachte, ihr und die Argentinier seid große Konkurrenten."

„Aber doch nur beim Fußball. Diese Empanadas sind wirklich eine Delikatesse. Du wirst sehen."

Sie lächelte verschmitzt. Ich hatte das Gefühl, dass irgendetwas anderes im Busch war, hakte aber nicht nach.

Es war ein heißer, sonnendurchfluteter Tag im Juni. Ich hatte das Verdeck geöffnet, machte meine erste Tour, fuhr in die Eifel an den Laacher See. Der Boxermotor schnurrte. Der Fahrtwind strich mir um die Ohren.

„Wie schön die Heimat ist, die Natur!" dachte ich. „Peter, du brauchst keine Frau. Das bringt nur Kummer und Verdruss."

Aus dem Radio, bei WDR 4, kamen Oldies der sechziger Jahre. ‚Good Golly, Miss Molly'.

‚A Beleza da Vida'. Ich würde Giovanna bitten, das deutsche Manuskript lesen zu dürfen.

Gut gelaunt kam ich nach Hause. Gerda goss gerade Blumen auf dem Balkon, sah mich aus dem Cabrio steigen. Bis zum

Nachmittag schwieg sie. Dann aber konnte sie ihre Neugierde nicht mehr beherrschen.

Sie kam zu mir auf den Balkon.

„Wie kannst du dir nur so einen Oldtimer kaufen! Ich möchte es nicht glauben."

„Ja, ja, das ist meiner."

„Spinnst du. Der ist doch sündhaft teuer. Wieviel?"

„Zwanzigtausend."

„Woher hast du das Geld?"

„Ich habe einen Kredit aufgenommen."

„Du weißt, was das bedeutet?"

„Ja. 250 Euro weniger im Monat. Aber der Rest reicht."

„Ich meine nicht das Geld. Ich werde jetzt auch eigene Wege gehen. Mit dir ist ja nicht mehr zu rechnen. Du bist ja völlig durchgeknallt."

Sie verschwand in ihrem Arbeitszimmer, telefonierte. Eine halbe Stunde später verließ sie das Haus.

37

Bei Giovannas Einladung ging es nicht um die Empanadas Argentinas. Ja, um die auch. Leckere Pastetchen mit Hackfleisch und allerlei Gewürzen wie Kreuzkümmel, Knoblauch und Chili. Tereza, Giovannas Freundin, war gekommen und die Ankunft sollte gefeiert werden. Eine dunkelblonde Brasilianerin mit reh- braunen Augen. „Mein Gott, sieht die süß aus!" dachte ich. „Dass sie 65 ist, wie mir Paulo damals erzählt hatte, vermutet man nicht. Der Unterschied zu dem Brunnenfoto ist nicht groß."

Zu dem Essen auf der Terrasse gab es neben Wein und Wodka auch Musik. Tango, Rumba, Samba. Es stimmte. Brasilianerinnen können bei Musik nicht stillhalten. Mit dem Glas in der Hand schaukelte Tereza hin und her. Dass sie wegen ihrer früheren Arbeit im Konsulat auch Deutsch sprach, war schön.

„Das ist Peter, unser Nachbar", hatte mich Giovanna vorgestellt. Ich bekam trotz Corona zwei Küsse auf die Wangen gehaucht, schnupperte ein sinnliches Parfüm. Sie trug ein langes, blaues Kleid, das die Schulter frei ließ. Auf dem Schulterblatt bemerkte ich ein Tattoo, eine schlanke, verführerische Meerjungfrau, umrahmt von Pflanzen und Muscheln. Anstatt eines Ohrrings trug sie rechts eine kleine zartrote Feder, die bei den

Bewegungen zur Musik hin und her schwang. Dass ich keine Frau brauchte, wie ich es mir am Vormittag auf meiner Tour noch gedacht hatte, war mit einem Schlag dahin.

Ich erlebte Tereza als ein lustiges, temperamentvolles Weib, das viel lachte. Als es dunkel war, wurde ein Cannabis-Pfeifchen herumgereicht. Dann kam das Beste.

„Bist du mir böse, wenn ich nicht mehr mit dir Tennis spiele?" meinte Giovanna. „Ich werde Pause machen. Tereza spielt auch. Sie könnte für mich einspringen."

„Klar, gerne! Aber hast du ihr gesagt, dass ich gerade erst angefangen habe?"

„Sie spielt auf deinem Niveau. Vielleicht etwas besser."

„Wann?" fragte ich Tereza.

„Lass sie erst einmal ankommen", antwortete Giovanna.

„Ach was!" sagte Tereza. „Ich bin doch schon da."

Wir verabredeten uns für den nächsten Nachmittag. Paulo, der seinen Ramadan beendet hatte, grinste vieldeutig.

Gegen eins in der Nacht kam ich nach Hause. Der weiße SUV war immer noch weg. Mir war es egal.

38

Gegen Mittag am nächsten Tag kam Gerda zurück, schwieg, verschwand in ihrem Arbeitszimmer. Am Nachmittag ging ich aus dem Haus, holte Tereza ab. Bevor wir in meinen Wagen stiegen, öffnete ich das Verdeck des Cabrios. Als wir losfuhren, sah ich noch, dass Gerda auf dem Balkon stand. Tereza bemerkte, wie ich die Stirn in Falten legte.

„Was ist?" fragte sie.

„Meine Frau steht auf dem Balkon und sieht uns zu."

„Wir wollen nur Tennis spielen."

Ich wusste nicht, ob ich wegen dieser Bemerkung enttäuscht sein sollte, blickte beim Davonfahren in den Rückspiegel, sah Gerda immer noch auf dem Balkon stehen.

Als wir oben in Brohl-Lützing ankamen, öffnete ich das Tor zu den Tennisplätzen. Wir verschwanden in den Umkleidekabinen. Tereza erschien in dem schwarzen, sexy Dress, den sie sich wie auch den Schläger von Giovanna geliehen hatte. Auch hinsichtlich der Schuhgröße stimmten sie überein.

Sie spielte nicht dieses Profitennis wie ihre Freundin. Aber als wir ein Match versuchten, verlor ich den Satz mit 6:1, war jedoch froh, immerhin ein Spiel gewonnen zu haben.

Wir zogen uns wieder um, fuhren das Lammertal den Berg hinunter, blickten nach dem Passieren einer Kapelle auf den Rhein. Tereza sagte:

„Ach, wie schön! Hättest du Lust, mir etwas von der Umgebung zu zeigen? Ich will Paulo und Giovanna nicht zu sehr beanspruchen."

„Klar, mache ich gerne. Meine Frau redet nicht mehr mit mir."

Sie lachte. „Versteh ich nicht. Du bist doch in Ordnung."

„Frag sie mal! Sie erzählt dir was anderes."

„Nein, lieber nicht."

Dann kam jener wunderbare Moment, als sie mir ihre Hand auf das Knie legte und sagte: „Darf ich dich noch zu einem Bier einladen? Vielleicht am Rhein?"

„Gerne, unten in Brohl. Da gibt es einen Biergarten. Ich hoffe, man kommt ohne diesen blöden Test rein."

Wir konnten uns ohne Test einen Tisch aussuchen. Die Inzidenz war unter 15 gefallen, die Bevormundung durch den Staat hatte sich etwas gelockert. Wir mussten nur unseren Namen und die Adresse angeben. Wegen der Kontaktverfolgung durch das Gesundheitsamt.

Bis zum Abend blieben wir in dem Brohler Biergarten. Wie bei Giovanna hatte ich auch bei Tereza ein Gefühl, als säße ich pudelwohl in einer warmen Badewanne.

„Warum nur", dachte ich, „musst du erst 68 werden, um so etwas zu erleben? Frauen können ja ganz anders sein. Wunderschön, wohltuend, warmherzig, lustig."

Ich merkte, wie mir das guttat. Musste ich ein schlechtes Gewissen haben? Nein!

39

Als ich nach Hause kam, redete Gerda plötzlich wieder mit mir. „Wer war das? Mit wem bist du weggefahren?" fragte sie.

„Mit Tereza, Giovannas Freundin."

„Sie wohnt hier in Deutschland?"

„Nein, sie ist zu Besuch aus Brasilien gekommen."

„Du hast doch bestimmt wegen ihr das Cabrio gekauft."

„Reiner Zufall. Ich wusste gar nicht, dass sie bei den Souzas war. Wir haben Tennis gespielt. Möchtest du noch einmal ein Doppel?"

„Mit euch bestimmt nicht."

Am späten Abend zeigte sie sich etwas versöhnlicher, kam mit einer Tasse grünen Tee auf den Balkon, setzte sich zu mir. Ich hatte eine Flasche Frankenwein geöffnet und zündete mir ungeniert eine Zigarette an. Normalerweise flüchtet sie dann, nicht ohne die Balkontür anzulehnen, damit der Rauch nicht ins Wohnzimmer zieht.

„Meinst du nicht", fragte sie, „dass wir eine Eheberatung aufsuchen sollten?"

„Eheberatung? Zum Psychologen? Auf keinen Fall. Da geh ich nicht hin. Was soll der uns erzählen?"

„Zum Beispiel, dass man in einer Ehe Rücksicht auf den anderen nimmt und sich abspricht. Man spielt nicht heimlich Tennis, kauft sich ohne zu fragen ein Auto und nimmt einen Kredit auf. Und wenn der andere mal für ein paar Tage weg ist und ein Haustier hat, kümmert man sich darum und jagt es nicht in die Flucht."

„Rücksicht? Du hast doch immer bestimmt, was zu tun ist. Du hast mir sogar mein Bier und die Zigaretten missgönnt."

„Das waren gute Ratschläge gegen schlechte Gewohnheiten. Seitdem du mit diesem versoffenen Nachbarn zusammenhockst, bist du renitent geworden, spielst sogar mit deinem Leben, willst dich weder impfen noch testen lassen, bringst mich auch in Gefahr durch deinen Umgang. Es gibt eine brasilianische Mutante, die hoch infektiös ist. Geimpft werden heißt sich und andere schützen."

„Ich habe keine Lust, diesen Blödsinn mitzumachen."

„Gut", sagte sie, „wenn du so uneinsichtig bist, muss ich mir überlegen, ob ich statt mit dir mit Sigibert für zwei Wochen nach Kreta fliege."

„Nach Kreta? Soweit ich informiert bin, muss man dort sogar am Strand Masken tragen. Was soll der Unsinn!?"

„Woher weißt du das mit Kreta?"

„Als du an der Mosel warst, hatte ich mir überlegt, ob uns ein gemeinsamer Urlaub guttun würde."

„So? Hast du das? Du hast auf mich anders gewirkt. Als sei dir alles egal."

„Nein, egal ist es mir nicht. Aber ich bin nicht mehr mit deinen Vorschriften einverstanden."

„Vorschriften? Welche denn?"

„Ich habe mich zu lange einfach untergeordnet, deinen Lebensstil hingenommen."

„Sooo? Und jetzt meinst du, der von deinem Paulo sei besser?"

„Ich fühle mich wohler dabei."

„Beim Wodka-Saufen?"

„Darum geht es nicht."

„Worum denn dann?"

„A Beleza da Vida."

„Heißt?"

„Die Schönheit des Lebens. Ich weigere mich, am Strand von Kreta eine Maske zu tragen. Und kommt man zurück, werden sie uns wegen der Delta-Mutante in Quarantäne stecken. Egal ob geimpft, genesen oder schon tot. Das wirst du ohne mich machen."

40

Die Tage danach war ich mit Tereza unterwegs, zeigte ihr einige der schönsten Orte des Mittelrheins, von Bonn bis

Bingen. Rechtsrheinisch, linksrheinisch. Die Loreley, den Jakobsberg bei Boppard, den Rolandsbogen mit Blick auf Nonnenwerth und wir saßen auf der Terrasse des Günderode-Hauses bei Oberwesel. Beim Blick auf Nonnenwerth erzählte ich: „Hier hat sich der Komponist Franz Liszt heimlich mit seiner Geliebten getroffen."

„Wie schön!" bemerkte Tereza. „Was sagt eigentlich deine Frau zu unseren Ausflügen?"

„Nichts. Sie hat eine Affäre mit ihrem Tennistrainer. Meine Ehe ist mausetot. Giovanna hat dir doch bestimmt davon erzählt."

„Hat sie. Ist es wirklich so schlimm?"

„Ja, wir gehen getrennte Wege und dabei bleibt es auch. Das Leben ist zu schön, um in einer Ehe, wo nichts mehr funktioniert, zu versauern. Hast du Giovannas Buch gelesen, ‚A Beleza da Vida'?" fragte ich sie.

Sie lachte. „Giovannas Buch? Ja, sie hat es geschrieben, aber wir haben es gemeinsam erlebt. Wir hatten uns vor drei Jahren einen Traum erfüllt, sind mit einem Boot von Rio um Kap Horn durch den Pazifik nach Neuseeland gesegelt. Zurück durch den Panamakanal nach Rio. Fast ein ganzes Jahr waren wir unterwegs. Wir hatten Zeit. In Brasilien konnte man als Frau mit 60 in Rente gehen. In Rio waren wir schon in jungen Jahren im Club Nautico, sind viel gesegelt. Aber nur kleine Touren."

„Wow!" sagte ich. „Um Kap Horn herum."

„Nichts passiert. Ein paar hohe Wellen, ja. Wir sind auch nicht mit einem verloren gegangenen Container zusammenge-stoßen. Kennst du den Film mit Robert Redford, ‚All is lost'? Der deutsche Titel ist, glaube ich, ‚Allein auf Hoher See'. Da geht es viel dramatischer zu. Kollision des Segelbootes mit einem verloren gegangenen Container, großes Leck im Rumpf, Lebensgefahr. Wir hatten nur ein paar mittlere Stürme, Gewitter, haben unbeschadet die Inseln im Pazifik erreicht. Hanga Roa, Pitcairn, Tahiti, Cook Islands, Tonga. Auf den Cook Islands, die zu Neuseeland gehören, war es besonders schön. Wir haben uns kleine Motorräder geliehen, sind um die Insel gefahren. Die konnte man in einer Stunde umrunden. Hier kam Giovanna auch auf die Idee, über diese Reise ein Buch zu schreiben. Mit Fotos, die wir gemacht haben."

„Und eure Männer? Die waren mit dabei?"

„Nein. Ich war da schon geschieden. Giovannas Mann, also Paulo, wollte oder besser konnte nicht. Er wird schnell seekrank. Das hatte sich schon auf der ersten kurzen Fahrt gezeigt. "

„Es ist ihm schwergefallen, auf Giovanna zu verzichten?"

„Oh ja! Aber er hat es akzeptiert. Über Skype hat er an der Reise teilgenommen. Nachher war er richtig stolz auf uns."

„Das Buch lief gut?"

„Ja. Wenn zwei schon etwas ältere Damen so eine Tour machen, erregt das Aufmerksamkeit. Wir hatten sogar einen Auftritt im Fernsehen. Bei ‚Globo', einem brasilianischen Sender. Ich habe übrigens von dem Törn einen Film gedreht. Er heißt ‚Pronto para uma aventura?' - Bereit für ein Abenteuer?"

41

Am Tag nach dem Ausflug zum Rolandsbogen waren wir noch einmal

Tennisspielen. Niemand außer uns war auf der Anlage. Als ich nach dem Match, das ich standesgemäß verlor, bemerkte, dass das warme Wasser in der Herrendusche nicht funktionierte, meinte ich zu Tereza:

„Dann dusche ich dieses Mal zu Hause."

Sie lächelte und sagte: „Wir können auch gemeinsam die Damendusche nehmen. Pronto para uma aventura?"

Eine ganze Stunde liebten wir uns unter der Dusche. Einmal sagte Tereza etwas auf Portugiesisch.

Später, als wir draußen in einem Biergarten am Rhein saßen, fragte ich sie:

„Was hast du da unter der Dusche gesagt?"

Sie lächelte verlegen, schüttelte den Kopf. „Du könntest mich für schamlos halten."

„Nein, es war wunderschön. Du kannst mir alles sagen."

„Tenho vontade de gritar de tanta tesão! Ich möchte vor Geilheit schreien!"

Genau am Abend dieses Tages eröffnete mir Gerda:

„Ich fliege Morgen mit Sigibert für drei Wochen nach Kreta. Im Gegensatz zu dir ist er rücksichtsvoll und vernünftig. Sieh zu, wie du hier klarkommst. Wenn du Hugo findest oder er liegt eines Tages wieder auf dem Bett, kümmere dich bitte um ihn."

„Geht nicht", antwortete ich. „In zwei Wochen fliege ich mit Tereza nach Rio."

„Dann war es das mit uns!" sagte sie. „Was ist nur aus dir geworden? Erst kommst du am helllichten Tage mit einer Fahne nach Hause, dann kleidest du dich plötzlich wie ein afghanischer Taliban, ich soll mich auf dem Balkontisch dir hingeben. Du verjagst unseren Kater, belügst mich, spielst heimlich Tennis, kaufst dir auf Kredit ein sündhaft teures Auto und treibst dich jetzt mit einer Brasilianerin herum. Hast du mit ihr geschlafen?"

„Ja, es war sehr schön."

Sang- und klanglos war meine Ehe den Bach hinuntergegangen. Reue, Bedauern? Nein. Seltsam.

Paulo kommentierte das mit: „Assim é a vida!" So ist das Leben. „Gib das Behäbig-Bürgerliche auf. Schade aber, dass ich niemanden mehr zum Schach spielen habe."

„Ich komme wieder."

„Das weiß man nicht. Vielleicht bleibst du da."

„Vorerst nicht. Hier ist noch einiges zu erledigen. Ich werde aber mit Tereza kommen."

„Schön. First day of Rock ‚n' Roll. Wann hat das eigentlich angefangen?"

"Als du vom Balkon gefallen bist. Da habe ich gedacht: Ich möchte endlich auch mal was erleben."

Mit Tereza bin ich zwei Wochen später tatsächlich nach Rio geflogen. Ich wunderte mich, dass ich mit 68, wo doch alles anscheinend schon vorbei war, so verliebt sein konnte. Manchmal sagte ich zu Tereza ‚Maninha', Schwesterchen. Das hatte ich zu Gerda nie gesagt. Nein, ich hegte keinen Groll gegen sie. Ich war mit einem späten Glück belohnt worden. Ich hatte diesen verdammten Stillstand durchbrochen. Nach dem ‚First day of Rock ‚n' Roll' würde es vielleicht diesen ‚Last day of Rock ‚n' Roll' geben, von dem Paulo gesprochen hatte. Wenn man das Licht in der Morgendämmerung begrüßte, dem Hymnus der Vögel lauschte und sich auf einer göttlichen Spur geborgen fühlte.

Veröffentlichung von Romanen und Erzählungen. Publikationen zum Jakobsweg und auch anderen Pilgerwegen u.a. ‚Via Hildegardis'. 1996 Förderpreis zum Literaturpreis Ruhrgebiet. 2000 erschien im Leipziger Militzke-Verlag mit ‚Pandoras Schatten' der erste Roman.

Website: www.ruediger-schneider.net

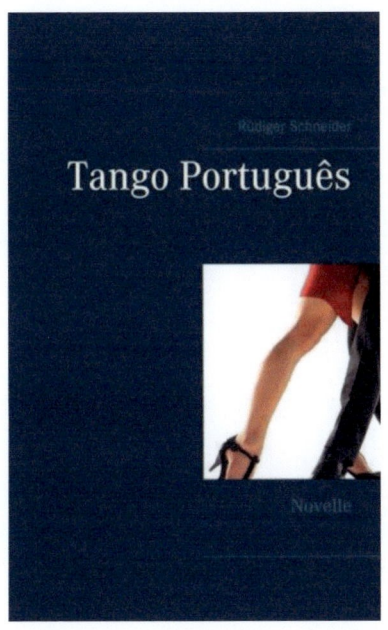

'Tango Português - Novelle', 84 S., ISBN 978375347952 ist im April 2021 erschienen.

Mit einer List entflieht der Erzähler der kollektiven Angststörung, die über Deutschland liegt. Er durchbricht das touristische Reiseverbot, fliegt nach Sevilla, fährt weiter in das spanische Sanlúcar de Guadiana, um dort mit dem Philosophen Arnold Waidhammer über den virtuellen und digitalen Wahnsinn zu sprechen. Aber dann passiert darüber hinaus auf Waidhammers Finca am Guadiana, dem Grenzfluss zwischen Portugal und Spanien, noch etwas ganz anderes.